徳 間 文 庫

龍の哭《な》く街

今野 敏

1

「おい、またダよ。外国人同士がドンパチやってる」

　店に入ってくるなり、常連の客がそう言った。

　それまで、店内は、深夜のバー独特の隔絶された平穏な雰囲気だった。その客の一言で、外の殺気が店に流れ込んできたようだった。

　バーテンダーの氷室和臣《ひむろかずおみ》は、まったく意に介した様子がなかった。それで、カウンターに陣取った客たちも安心して会話を再開した。

『ハイランド』は、カウンターがメインのバーだ。入口を入るとすぐ右手にカウンターが横たわっている。左手にわずかばかりのボックス席がある。

新宿区役所通りとゴールデン街《がい》を結ぶ細い路地に面した階段を降りた、ビルの地下にある店だった。

遅い時間ほど混み合う類《たぐい》の店だ。

六十過ぎのマスターと氷室和臣のふたりきりで『ハイランド』を切り盛りしていた。マスターの名は、船堀源一《ふなぼりげんいち》といった。常連の客は、皆、「ゲンさん」と呼んでいた。頭が薄くなった頑固そうな男だった。

このあたりだと、客層は知れていた。粋な会話より酔っぱらうことを目的に飲みにくる連中ばかりだ。

加えて、『ハイランド』は、何軒か梯子《はしご》したあとに、最後に立ち寄る類の店だった。にもかかわらず、マスターのゲンさんは、蝶《ちょう》ネクタイにベストという恰好《かっこう》を守り続けていた。

たったひとりの従業員である氷室和臣にもそれを義務づけている。

氷室和臣は、無口な男だ。バーテンダーといっても、この店では、カクテルを作ることなど滅多にない。ウイスキーの水割りを作るか、ビールの栓を抜くのがせいぜいだ。

常連客や、酔漢の話し相手をするのが仕事なのだが、氷室はあまり口をきかなかった。ただ、それでも客の評判が悪くないのは、彼が聞き上手だったからだ。

氷室和臣は、相手の話を決して無視しない。自分からおしゃべりはしないが、相手の話の腰を折るような真似《まね》は絶対にしないのだった。

ベストに蝶ネクタイ。オールバックというおとなしいスタイルだが、氷室の体格のよさは、誰の眼にもすぐにわかった。ワイシャツを着た肩のあたりが丸く盛り上がっている。ベストから筋肉がはみ出しているような感じだった。

身長は、それほど高くはない。一七五センチ前後と、ほぼ標準だ。年齢は、四十歳を過ぎているが、肌の色つやもよく三十代前半に見えた。

マスターのゲンさんは、カウンターの奥のほうで、酒の棚にもたれるように立ち、常連のひとりと話をしている。

仕事をしているのは、もっぱら氷室だった。

客は、五人いた。そのうち、三人が常連。ふたりが、その連れだった。

「外国人？」

入ってきた客に、常連のひとりが訊《き》いた。

「また、中国人か？」

「そうらしい」

このふたりは、顔見知りだった。入ってきた客は、声を掛けた客の隣に腰を下ろした。氷室は、黙って入ってきた客のボトルを棚から出した。

「最近、また中国人同士の抗争が多いな……」

「そう……。いつだったか、新宿署の環境浄化作戦で、歌舞伎町《かぶきちょう》も静かになったのにな……。また、舞い戻ってきたらしい。イタチごっこだ」

客同士の会話が続いた。

「ドンパチって、拳銃をぶっぱなしたのか?」

「ああ。警察が目の色変えてたな……」

「物騒だな……。冗談じゃないぜ、まったく……。抗争なら自分の国でやってほしい……」

「流氓《リュウマン》といううらしいな」

「リュウマン……?」

「中国人の不良集団だよ。愚連隊みたいなもんだ。国にいたときは、まっとうな社会人だったけど、日本にきて仕事がなく、そういう集団の仲間に入ったりする連中もいるらしい」

「どうして中国だの東南アジアだの、イランだのといった国の連中は日本にきたがるんだ？　こんな国のどこがいいんだ？」

「収入だよ。中国の労働者の賃金がどれくらいか知ってるか？」

「さあ。知らんな……」

「年収で四万円ほどだそうだ。都市部の労働者でそのくらいだ。農村部ではもっと低いだろう。中国の月収二、三カ月分を、日本で働けば一日で稼げるんだ」

「なるほど……。経済格差か……。だが、収入のことだけを考えたってだめだ。日本で生活をすることを考えれば、楽じゃないはずだ。日本の物価はべらぼうだ。稼いだ分、なくなっちまうんじゃないのか？」

「連中の生活は慎《つつ》ましい。小さな部屋を借りて共同生活をするんだ。日本人みたいな贅沢《ぜいたく》はしないいんだよ」

「それにしたって、日本だって不景気なんだ。そうそう仕事があるわけじゃない」

「だから、ヤバイことに手を染めるわけだ。これまで、ヤクザが一手に仕切っていたような分野だ」

「まったく……。何とかならんのかな……。取り締まりを強化するとか……」

「取り締まって解決する問題じゃないさ。アジア諸国から見れば、日本は黄金の国ジパングだ。今の経済的な発展は、アジア諸国から搾取した結果だという見方もある。

日本はある部分、責任を取らなきゃならん」

「だからって、治安が悪くなるのを黙って見ている法はない。警察なり入管なりが、もっとしっかりしてだな……」

すわったばかりの客が、目配せして、小さく首を横に振った。長居をしている客は、かなり酔いが回っており、最初、何の合図か気づかなかった。

ややあって、彼は思い出した。その客は、氷室和臣のほうを見て言った。

「あ、氷室ちゃん、もと入管の職員だったな……。いやね、入管が悪いというわけじゃなくて……」

氷室は、かすかな笑いを浮かべた。

「いいんですよ」

彼は言った。「たしかに入管には、いろいろと問題がある……」

あとから入ってきた客が言った。

「人が足りないんだ。警察は、増員計画を発表したが、入国管理局は、慢性的な人員不足だという話だ。そうだろう?」

氷室がこたえた。

「そのようですね……」

「人員不足のところにもってきて、仕事はどんどん増えていく。だから、力ずくで外国人に言うことを聞かせようという方針になる……」

「外国人に暴力を振るうのは……」氷室が言った。「人手不足だけが原因じゃありませんよ」

「例えば……？」

「まあ……。いろいろと……」

氷室は曖昧に言った。

ふたりの客は、それ以上の追及はしなかった。何となく、氷室の言いたいことはわかった。

「最近では、日本のヤクザともめているらしいな……」

別の客が言った。「これまで、中国のマフィアと日本のヤクザは、何となく棲《す》み分けができていた。だが、このところ、そうした不文律も守られなくなっているようだ」

「そのようだ」

最後に入ってきた客がうなずいた。「何だか急に過激化したようだ。何か理由があるのかもしれないな……」

騒ぎは、花園《はなぞの》神社の裏手、ゴールデン街の一角で起きた。

バブル経済の最盛期に、地上げにあい、更地になったまま放置されている土地がある。その土地に、最近、中国人が屋台を出しはじめた。

当初は、一軒だけだった屋台が、二軒、三軒と増えていった。やがて、中国人の客が集まりはじめる。

ゴールデン街は、これまで外国人の不可侵地区のひとつだった。そこへ、中国人たちが侵入しはじめた。

そのあたりを仕切っていた地回りが黙ってはいなかった。場所代《ショバダイ》だけの問題ではない。面子《メンツ》の問題だった。

地回りは、屋台を追い出しにかかった。このところ、その小競り合いが続いていた。

ヤクザたちは、問答無用で屋台を追い出しにかかる。

屋台の持ち主も客もおかまいなしだ。中国人たちは、退散するが、次の日には、また同じ場所にやってくる。

新宿のはずれに、屋台村ができているが、そこはもう縄張りが決まっている。中国人や台湾人が線引きをして屋台を出す人間から場所代を徴収しているのだ。

新たに、屋台村に入り込むには、誰かが出ていくのを待つしかない。新しい場所を探したほうが手っとり早いのだ。

歌舞伎町の表通りに屋台を出すわけにはいかない。とんでもない場所代を取られるし、店を出したとたん、警察かヤクザかどちらかが飛んでくる。

かといって、人のこない場所に屋台を出してもしかたがない。ゴールデン街の空き地は、屋台を出そうとする外国人にとって絶好の場所だった。

屋台の持ち主たちは、ヤクザに追われるのは覚悟の上だった。ヤクザがやってきたら、すぐさま逃げる。それまでにどれくらい稼げるかが勝負だった。

当初、いいようにヤクザにやられていた屋台の主《ぬし》たちは、何軒か集まるにつれ、自衛手段を取るようになっていった。辻《つじ》に見張りを立たせて、ヤクザがやってきたらすぐさま逃げ出せるように準備を整えるようになったのだ。

すると、ヤクザたちも裏をかいて奇襲をかけるようになる。そうした小競り合いがエスカレートして、ついに今夜のような騒ぎになったのだった。

細い路地から若い瘦《や》せた男が凄《すさ》まじい勢いで駆けてきた。半袖のシャツに濃紺のズボンを穿《は》いている。頰がこけ、大きい眼が目立った。

その大きな眼を一杯に見開いて、彼は中国語で叫んだ。

「ヤクザがくるぞ！　ヤクザだ！」

これまでなら、食いかけの皿や、作りかけの料理などを放り出して、屋台の主たちも客も蜘蛛《くも》の子を散らすように逃げ出したはずだった。

客は逃げ出した。騒ぎに巻き込まれたくないのだ。客の大半は、中国人だった。

だが、屋台の店主たちは逃げ出さなかった。やがて、ヤクザたちがやってきた。

すでに、店主たちは、彼らの顔を知っている。地回りたちだった。

「ふざけやがって。ここをどこだと思ってるんだ！」

先頭のヤクザが怒鳴った。三十代前半の男だ。髪を短く刈っている。背が高く痩せていた。

眼に険があり、いかにも喧嘩《けんか》っ早そうなタイプだった。その後ろに背が低く、小太りの男がいる。こちらは、血の気が多そうだった。さらにその後ろに、三十代半ばの男がいる。この男だけが背広を着ており、髪をオールバックに固めていた。

この三十代半ばの背広の男が兄貴格であることは明らかだった。そのほかに若い衆がふたりいる。このふたりは、黒いだぶだぶのジャージを着ていた。ふたりとも坊主刈りだった。

先頭の痩せたヤクザが切り込み隊長の役割だった。

彼は、いつものとおり、食器をあたりに投げ捨て、屋台を叩《たた》き壊し、店主の中国人を殴りつけるつもりだった。

背広姿の兄貴格が、やや引いた位置におり、あとの四人で、四軒並んだ屋台のうちまず一軒を取り囲んだ。

その時、建物の陰から数人の男たちが飛び出してきた。

先頭のヤクザは、振り返った。その瞬間に、そのヤクザは綺麗《きれい》に顎を突き上げられた。膝から力が抜け、糸が切れたマリオネットのように、くたっと地面に崩れ落ちた。

「何だ、てめえら！」

小太りのヤクザが吠《ほ》えた。

建物の陰から現れた男たちは、全部で五人いた。全員、無言でヤクザたちを見据えている。

小太りのヤクザが、そのうちのひとりに殴りかかった。

相手は、痩せたヤクザの顎に見事なアッパーを見舞った男だった。特徴のない顔をしている。

東洋人だが、日本人ではないようだった。

その男は、小太りのヤクザの最初の一撃を難なくかわしてしまった。ほんのわずかにステップしただけだった。

小太りのヤクザの攻撃は、あまりに単調だった。力の限りリードフックを振り回しただけだった。

恐ろしい威力があるのはわかった。当たれば相当なダメージがありそうだった。素人相手の喧嘩なら充分なパンチだ。素人は、相手がヤクザだというだけで萎縮してしまう。萎縮した相手はサンドバッグと同じだ。

小太りのヤクザは、再び吠えた。

「野郎！　ふざけやがって！」

彼は、再び、右のパンチを振り回した。小技は使おうとはしない。実際、喧嘩では、こういう大振りのパンチが役に立つのだ。

喧嘩は、一発先に見舞ったほうがたいていは勝つ。相手の攻撃を受けて反撃、などという喧嘩をする者はあまりいない。

喧嘩というのは、力一杯の殴り合いが普通なのだ。

だが、そういう喧嘩が通用しない相手がいる。今、小太りのヤクザが闘っているのはそういう人間だった。

若い衆は、身構えたまま成り行きを見ていた。喧嘩慣れしていても、喧嘩に参加するきっかけというのはなかなか難しいものだ。

「何、ぼうっと見てやがる！」

小太りのヤクザが怒鳴った。「こいつらたたんじまえ！」

その声を合図に、ふたりの若い衆は、突進した。

同時に、相手のほうもふたり飛び出してきた。

若い衆のひとりは空手をやっているようだった。実戦空手などと、一時期もてはやされたフルコンタクト・ルールの空手を学んでいるようだった。

背を丸め、顔面をガードする構えでそれがわかる。

もうひとりは、見るからに逞《たくま》しい体格をしていた。太い首に太い腕。大腿部《だいたいぶ》もよく発達している。耳たぶがつぶれていた。彼は、柔道をやっていたようだ。

空手をやっている若い衆は、するすると相手に近づいて、いきなりローキックを見舞った。これが、見事にヒットした。

だが、体勢を崩したのは若い衆のほうだった。相手は、膝を両側に大きく張った立ち方をしている。

その膝を突き出すように踏ん張ったのだ。ローキックは、相手の腿《もも》の外側にヒットして初めて威力を発揮する。

曲げた膝などに足の甲や脛《すね》が当たったら、蹴ったほうにダメージがある。威力のある技というのは、常に諸刃《もろは》の剣《つるぎ》なのだ。

空手家は、なんとかダメージに耐え、左のジャブを繰り出した。さらに、前進しながら右のアッパー、左右のフックにつないだ。

流れるような見事なコンビネーションだった。

しかし、どのパンチも当たらなかった。

そのコンビネーションから、さらに、ミドルキックにつないだ。

上段を狙わないところが喧嘩慣れしている証拠だった。

相手は、蹴りを出す瞬間に飛び込んできた。胸を強く突かれる。蹴りにいく瞬間で、片足になっていたため、それだけでバランスを崩してひっくりかえってしまった。

相手は、倒れたところを蹴ってきた。サッカーのインステップキックのような情け容赦ない蹴りだった。

空手家は、その一撃を頭に食らい、動きを止められてしまった。相当のダメージがあり、しばらく起き上がることができない。

その間に、柔道家は、相手を捕まえようとしていた。柔道の熟練者は、小指が相手の洋服の一部に引っ掛かっただけで投げることができる。また、両手刈《もろてが》りと呼ばれるタックルは、街中の喧嘩でも充分に威力を発揮する実戦的な技だ。

柔道家のスピードというのは、一般にイメージされているよりずっと速い。一流選手の組み手争いの速さは、ボクサーのパンチに相当する。

この若い衆の柔道の腕はかなりのものであるはずだった。鍛え上げられた体格がそれを物語っている。

にもかかわらず、彼は、相手を捕らえることができなかった。

柔道家は焦った。そのために、実戦の鉄則を忘れてしまった。つい、道場時代の動きになっていた。

相手の動きが止まった。

柔道家は、ここぞとばかりに相手の袖を摑《つか》んだ。投げにいこうと引きつける。

だが、その瞬間に、今度は、柔道家の動きが止まった。相手の膝が、股間を捕らえていた。したたかに蹴り上げられたのだ。

たまらず、柔道家は、体をくの字に折って崩れ落ちた。

若い衆がふたりともやられてしまい、小太りのヤクザは、怒りに我を忘れた。彼は、懐から九寸五分の匕首《あいくち》を取り出した。

ひどく時代がかった代物《しろもの》だが、いまだにヤクザの象徴として、威圧感があった。

最初に殴られた痩せたヤクザも何とか立ち上がり、同じように匕首を抜いていた。

「ここまでなめられちゃ、生かしておけねえ……」

小太りのヤクザが、呻《うめ》くように言った。

2

ふたりのヤクザが匕首を取り出し、相手の男たちは、じりじりと後退した。一瞬ヤクザたちが優位に立った。

若い衆がようやく起き上がる。

小太りのヤクザが前に出た。

「てめえら……。極道《ごくどう》相手にふざけた真似をしたら、どういうことになるかきっちりと教えてやる……」

完全に眼が据わっていた。もう後戻りはできない。ヤクザが一度刃物を抜いたら、何もせずに納めるわけにはいかないのだ。

相手の男たちは、さらに後退した。

小太りの男が一歩出る。

次の瞬間、匕首で突き掛かるのは明らかだった。全身から殺気を発している。彼は、匕首を抜いてからのほうがむしろ静かな印象があった。

まさに飛び掛かろうとした小太りのヤクザの動きがぴたりと止まった。小太りのヤクザは、眼を見開いていた。

男たちの一人が拳銃を抜いたのだ。オートマチック拳銃だった。

ためらわず引き金を引いた。

凄まじい炸裂音《さくれつおん》が響きわたった。その音は、離れた場所にあるビルの壁に反射しこだました。

その場にいた人間すべての耳が、たった一発の銃声でおかしくなった。銃の発射音というのは、それくらい激しい。

威嚇《いかく》効果も充分にある。

銃弾は、ヤクザには当たらなかった。わざと的《まと》を外したようだった。

男は、さらに一発撃った。小太りのヤクザの足元に着弾した。

それだけで威嚇には充分だった。男は、ゆっくりと銃口を上げ、小太りのヤクザの胸に狙いをつけた。

「警察《ヒネ》がくる」

背広姿の兄貴格が言った。「引き揚げるぞ」

ヤクザたちは、その一言を待っていたように、さっと退却した。

痩せたヤクザが、うなるように言った。

「野郎……。このままじゃ済まさねえぞ……」

ヤクザたちが姿を消すと、男たちもすぐにその場を立ち去った。警官が駆けつけたのは、それから五分以上たってからだった。

屋台の店主たちは、何事もなかったように商売を再開していた。警察官が尋問しても、日本語が満足に話せない様子だった。

本当に話せないのかどうかは、本人にしかわからない。警察官たちは、もうこういうやり取りに慣れていた。

彼らを署にしょっぴいてもどうにもならない。

「何も知らない。日本語がしゃべれない」と言い続けるだけなのはわかりきっていた。中国語を話す人間が尋問しても、結果はだいたい同じだ。日本人は、警察に対して比較的従順だ。社会的に葬られるのを恐れるからだ。

だが、外国人には、その恐怖感がない。最初から疎外されているという意識があるのだ。

　警察官たちは、引き揚げることにした。この騒ぎがどういう性格のものであるか、警官たちにはもう充分過ぎるくらいにわかっているのだ。

　屋台の店主たちは、流氓に助けを求めたのだ。というより、流氓たちが助けてやると押しかけてきたのだった。銃を発射したのは、流氓たちだ。

　新宿署の環境浄化作戦で、一時期はおさまっていた中国人同士の抗争が、このところまたエスカレートしつつある。さらに、日本の暴力団と流氓との抗争まで起きつつあった。

　警察では、この傾向に戸惑っていた。これまで、不良外国人と日本の暴力団は棲み分けができていると言われてきた。

　中国人マフィアも、暴力団にだけはなかなか手を出せなかった。暴力団の組織力はばかにならないし、外国人にとってもヤクザはやはり恐ろしいのだ。

　イラン人やコロンビア人は、ヤクザの下働きのようなものだといわれる。だが、中国人はそうではない。麻薬に関しても独自のルートを持っているのだ。

　それだけに、中国人は慎重だった。暴力団と明らかに利害で対立するようなことは避けてきたのだ。麻薬を売るにも、暴力団のマーケットを妨害しないルートを探した。

ミカジメ料も、日本人の経営する店には決して要求しない。中国人マフィアは、中国人からミカジメ料を取るのだ。

しかし、このところ、流氓たちは、やけに強気だった。ヤクザと対立することも恐れていないようだった。

警察当局は、その理由について内偵を進めていた。だが、成果を上げるまでには至っていない。今のところ、所轄署《しょかつしょ》が現場で対処するしか手がなかった。まさに、対症療法でしかない。

連日のように中国人による小競り合いが起きていた。

新宿署では、再び、環境浄化作戦を執《と》り行うかどうか、検討していた。

中国人の発砲事件の翌日、店を開けたばかりの『ハイランド』に、背広にネクタイといった出《い》で立ちの客がひとりで入ってきた。

眼鏡を掛けた神経質そうな男だった。背広の色は、紺。ネクタイは、グリーンに黄色のストライプが入ったレジメンタル・タイだった。

「いらっしゃいませ」

氷室が声を掛ける。その客は、まっすぐに氷室の正面まで歩いてきて、スツールに腰掛けた。

　ほかに客は誰もいない。

　マスターのゲンさんがおしぼりを出した。客は黙ってそれを受け取り、丁寧に手を拭った。その動作が几帳面《きちょうめん》さを感じさせた。

「何になさいますか？」

　氷室が尋ねた。

「そうですね……」

　客は、ボトルが並ぶ棚を眺めている。氷室は、その眼鏡の奥の眼が気になった。常に油断のない光りかたをしている。一瞬、氷室は警察かと思った。それも、叩き上げではなく、キャリアの雰囲気があった。

「トマトジュースをください」

「トマトジュース？　ブラディメアリーではなく？」

「そう。トマトジュースだけ……」

　氷室は、グラスにトマトジュースを注ぎ、レモンの輪切りを添えた。塩とタバスコをグラスの脇に置いた。男は、慎重に一口飲み、氷室のほうを見た。

「誰かとお待ち合わせですか？」

マスターのゲンさんが尋ねた。男の正体や目的が気になっているのだ。

「いえ。待ち合わせはしていません」

男はこたえた。

ゲンさんは、カウンターの端にもたれたまま言った。

「お酒を召し上がらない方がこういうところにおひとりでいらっしゃるのは珍しいですね」

「私は、この方に用があってきたのです」

男は、氷室を見て言った。

「氷室に……？」

氷室は、男を見た。男の眼を見て、あまりいい気分ではなかった。相手を落ち着かなくさせる眼だった。

「何でしょう？　その用というのは」

氷室は尋ねた。

「ちょっと、お話をしようと思いましてね……」

「どんな話を……？」

「あなたは、入国管理局の第二庁舎に勤務されていましたね？」

「ええ……」

「あなたが、入管を辞めるきっかけになった出来事について、お話し願えればと思いましてね……」

「警察の方ですか？」

「いや……。これは、失礼。まず、名乗るべきですね」

男は、ポケットから名刺入れを取り出した。名刺をカウンターに置き、氷室のほうに向かって滑《すべ》らせた。氷室は、それを手に取った。

名刺を見た氷室は、眉をひそめた。

そこには、法務省入国管理局・特別対策室室長・土門武男《どもんたけお》と書かれていた。

「特別対策室……？」

氷室は、入管で働いていたが、そういう部署に聞き覚えはなかった。

「あ、いや……」

土門武男は、笑顔を見せた。「役所というのは、もっともらしくそういう名称を使いたがる。実際は単なる雑用係なんですよ」

意外に、笑うと人なつこい印象があった。しかし、氷室は、土門の眼が笑っていないのに気づいていた。

土門武男は、単なる雑用係だと言ったが、それを言葉どおり信じる気にはなれなかった。土門という男は、雑用に追われているタイプには見えなかった。

「あなたは、北区西が丘《にしおか》の入管第二庁舎で、警備課に所属され、不法滞在の外国人を取り調べたり収容したりといった仕事をしておられた。そうですね？」

「これは、何かの尋問なんですか？」

「そうじゃありません。ある調査をしているのです。ご協力をお願いしたいのです」

「何の調査です？」

「ある中国人についての調査なのですがね……」

「不法残留者ですか？」

「一度、不法残留者として収容されたことがあります。その後、中国に送還されましたが……」

「送還された人間について入管が調査する必要などない。違いますか？」

「いろいろと事情がありましてね……」

土門ははっきり言おうとしなかった。官庁というのは、どこも秘密主義だ。ある種の秘密を守ることで存続しているといっていい。氷室は、そのことをいやというほど知っていた。

土門は、質問を再開した。

「あなたが、勤めておいでのときに、ある中国人が第二庁舎内で死亡した。兄弟で収容されていた不法残留者の弟のほうです。覚えておいでですか?」

「昔のことです。忘れましたね……」

「そうですか……」

土門は、氷室の言葉をまったく信じていないようだった。「その出来事がきっかけで、あなたは入管をお辞めになったと、私は考えたのですがね……」

「あなたがどう考えようと勝手です。だが、私は、もう覚えてはいない」

「中国人の兄弟の名は、呉俊炎《ごしゅんえん》と呉良沢《ごりょうたく》。兄が呉俊炎で、弟が呉良沢です。呉良沢の死因は、急性心不全。つまり、病死として発表されました」

「ならば、病死だったのでしょう」

「そうではなかったと、兄の呉俊炎は主張しました。入管職員の暴行によって死亡した。呉俊炎は、そう訴えて訴訟を起こそうとしたのです。しかし、その直後に兄は、強制退去処分執行を受けて日本から出国させられました。事実上の訴訟つぶしだという者もいました」

「訴訟つぶしだと言ったのは、誰なんです?」

「は……？」

土門は、意外な質問をされたというように、目をしばたたいて見せた。

「具体的にはどういう人が、訴訟つぶしだと言ったのです？」

「まず、代理人の弁護士。それに、民主中国陣線日本分部や新宿華人商業相互組合といった在日の中国人組織などです」

「内部告発ではないのですね？」

「気になりますか？」

「何がですか？」

「内部告発があったのかどうか……」

「別に……。ただ、訊いてみただけです」

「内部告発などありませんでしたよ。事件の関係者は、一様に口を閉ざしています。公式の発表がすべてだというのが、彼らの言い分です」

「事件じゃないでしょう？　その中国人は、急性心不全で死んだんだから……」

「事件だと考えている人間がいるのです」

「その弁護士や、中国人の組織のことですか？」

「いいえ。訴訟つぶしだと主張したのは、ほんの一時期のことです。すでに、彼らも事件とは関わってはいません。次々と揉《も》め事は起こりますからね……」

「では、誰です？」

「兄の呉俊炎です」

氷室は、何もこたえなかった。彼は、手持ち無沙汰の様子で、布巾を取りグラスを拭きはじめた。これ以上、話をしたくないという意思表示でもあった。

マスターのゲンさんが、じっと氷室を見ていた。氷室は、その視線を感じていた。

「私には、関係のないことですね……」

「そうだといいのですが……」

「そうですよ。私はもう入管の職員ではない」

「では、呉兄弟についても、何もお話しいただけない、と……」

「言ったでしょう。もう忘れたって……」

「たかだか四年前のことなんですがね」

「それからいろいろとありましたから……。私にとっては、ずいぶん昔のことのような気がします」

「そうですか……」

土門は、口調を変えた。世間話をするような口調だった。

「あなたは、変わった経歴をお持ちですね……」

「そうですか？　本人はそうは思っていませんが……」

「学生時代にボクシングをやっていらした。プロのライセンスを取ろうかと考えていた時期もあるそうじゃないですか？」

「誰にそんなことを聞いたのです？」

「まあ、学生時代のお友達とか、顧問の先生とか……」

氷室は、ますます不愉快になった。土門は、ここにくるまでに、氷室の経歴をあれこれ調べ出しているのだった。

「そんなこともありましたね……」

「その後、入管に入られて、警備課に勤務された。入管を辞めたあと、二年間、台湾に住んでらっしゃいますね……」

「就学ビザが取れたんでね……。台湾に知り合いがいて、いろいろと便宜を図ってくれたんですよ」

「奇妙なことを学ばれたんですね。中国武術と風水……」

「台湾語を学んだだけです」

「私の聞いた話ですと、台湾で形意拳《けいいけん》と八卦掌《はっけしょう》という武術を学ばれたことになっていますが……。それと、風水……。風水というのは、あれでしょう。方位とかを見て、運勢をどうこうする……」

「中国文化の本質です」

「は……？」

「私は、台湾語を学びましたが、言葉を学ぶためには、その文化を理解しなければならないことに気づいたのです。中国武術も風水もそのために学んだに過ぎません」

「中国武術と風水に共通点があるというのですか？」

「根本の思想は、まったく同じですよ。中国武術だけではなく、中国の東洋医学もまったく同じ理論で出来上がっています。つまり、陰陽と五行《ごぎょう》です。すべて気という概念を大切にするのです。医術と武術では、人体の気の流れを観る。風水では、大地の気の流れを観る。やり方や、考え方はまったく同じです」

「ほう……。興味深いですな……。あなたは、台湾の劉伯忠《りゅうはくちゅう》という老人から武術と風水を学ばれた。そうですね？」

「何でも調べているのですね……」

「劉伯忠氏の息子さん夫婦を、入管時代に、個人的に世話をしたことがある。それで、お知り合いになられたのですね？」

「劉伯忠老師の息子さん夫婦は、不法残留の疑いを受けて、入管の施設に収容されました。調査の結果、入管の誤りであることがわかりました。私は、その後の手続きをやってあげただけです」

「ずいぶん親身になって世話をされたとうかがっています」

「入管が過ちを犯したのです。誠意を尽くすのが道理でしょう」

「なかなかそういうふうには考えられないものです。特に、役所に勤めているとね……」

「私の経歴を調べることと、呉とかいう兄弟とどういう関係があるのですか?」

「いえね……」

土門は、かすかな笑いを浮かべた。何かを楽しんでいるような笑いだった。その瞬間だけ、初めて眼が笑った。氷室はそう感じた。「あなたの経歴を調べれば調べるほど、興味が湧いてきましてね……」

「これ以上、お話しすることはないと思いますが……」

「お強いのでしょうね?」

「何です……?」

「学生時代にボクシングを真剣にやられて、その後、形意拳と八卦掌の修行をなさった。さぞかし、お強いのだろうと思いましてね……」

「そんなことはありません。さきほども言ったように、中国文化を理解するために学んでみたに過ぎませんから……」

「謙遜をしておられるように聞こえますがね……」

「どう受け取ろうとあなたの勝手です」

氷室は、土門に背を向けて、グラスを棚に並べはじめた。

ふたり連れの客が入ってきた。マスターのゲンさんがいらっしゃいませと声を掛ける。土門は、それを潮と考えたようだった。

「また、お邪魔するかもしれません」

彼は、席を立った。

「できれば、お酒を召し上がるお客さんがありがたいのですがね」

マスターのゲンさんが言った。

「努力しましょう」

土門が出ていくと、ゲンさんは、氷室にそっと言った。

「あいつは、何を聞きたかったんだ？　呉兄弟ってのは、何者なんだ？」

氷室は、肩をすぼめた。

「わかりませんよ、私にも、何が何だか……」

ゲンさんは、それ以上何も尋ねようとしなかった。

3

氷室は、明け方に自宅に戻った。中野坂上《なかのさかうえ》にあるマンションだった。マンションというより、アパートと呼んだほうがよさそうな間取りだ。1DKだった。

ひとりで住むには充分だが、彼には同居人がいた。

彼女は、やはり夜が明けてから帰ってきた。いつものとおり、かなり酒が入っている。村元麻美《むらもとまみ》という名だが、本名で呼ばれることはあまりない。

麻美は、新宿歌舞伎町のキャバクラで働いており、源氏名をハルミといった。まだ十九歳だが、すでに水商売をはじめて三年たっている。

人気もあり、毎日、店が終わってから客に付き合わされるのだ。水商売では、アフターと呼ぶこうした付き合いが営業上かなり重要なのだった。

営業時間は、八時から十二時までだが、その後のアフターが長い。人気のあるホステスはみな、こうした営業活動をしているのだ。ある時、ハルミ――村元麻美は、深夜、客に連れられて『ハイランド』にやってきた。

どういうわけか、村元麻美は、四十男の氷室を気に入ってしまったのだ。その後、彼女は、暇な折に個人的に飲みにくるようになった。

ふたりがいっしょに住みはじめるまでに、それほど時間はかからなかった。村元麻美が氷室の部屋に転がり込んできた恰好《かっこう》だった。新宿の歌舞伎町では、何が起きても不思議はない。いまでは、彼女の服にすっかり部屋を占領された感じだった。

服は、麻美の商売道具だ。

毎日、夜明けごろに飲んだくれて帰ってくる。ときには、朝の八時を過ぎて帰ってくることもある。

氷室は、客との付き合いだとわかっていても、我慢できないこともあった。何度か腹を立て、追い出そうかとも思った。

だが、今では、すっかり諦めている。慣れてしまったのかもしれない。

氷室は、麻美に対して保護者のような愛情を感じている。もちろん、肉体の関係は続いている。それでも、女として惚《ほ》れているというより、娘に対する愛情に近いのではないかと思うことがある。

いっしょに暮らすと、そういう愛着が湧くことがある。年齢差が大きいからそうなのかもしれない。

麻美と同じ部屋にいて居心地は悪くない。帰宅の時刻だって、ふたりは似たようなものだ。氷室が文句を言う筋合いはない。

家庭を守ってくれる女性と、ごく一般的な結婚生活を送ることを夢見たこともあった。しかし、今の氷室の生活を考えるとそれもままならない。

麻美は、売れっ子ホステスだけあって、見かけは、すばらしい。愛らしい顔に、アンバランスなくらい発達した肉体を持っている。特に、胸が立派だった。氷室にとってはもったいないくらいの女なのだ。若いというだけでも他人にはうらやましがられる。

帰ってくるなり、麻美は腹が減ったと言い出した。

氷室は、ベッドにもぐり込みたかった。

「俺は、腹は減ってない」

そう言うと、彼は、ベッドに向かった。麻美は、冷蔵庫からチーズやら牛乳やらを取り出している。

氷室がベッドに入ると、彼女は、セットしてあったビデオを見はじめた。

テレビの連続ドラマだった。ドラマくらい見ておかなければ、客との話題に困るのだ。たまには、店に芸能人もやってくるらしい。一時間ほどすると、麻美は、猫のようにベッドにもぐり込んできた。

氷室は、その柔らかい体を逞しい腕ですっぽりと包んだ。

眠かろうが疲れていようが、その感触は、大歓迎だった。やがて、麻美は、寝息を立てはじめる。

氷室は、その寝息を聞いて、安らかな気分になり、眠りに落ちるのだった。

ヤンと呼ばれる中国人が、『上海《シャンハイ》クラブ』のソファに座っていた。浄化作戦ですっかり姿を消した中国人経営のクラブが、このところ、また、街角に見られるようになっていた。

タイ人のホステスがついていた。ふたりは、片言の日本語や英語で語り合っていた。

ヤンは、そこそこ英語を話した。

ママのヨウコがやってきて、タイ人のホステスは席を立った。ヨウコというのは源氏名で、彼女も中国人だった。上海の出身だ。

彼らは、北京《ペキン》語で話をはじめた。

「もう、こないでって言ったでしょう？」

ヨウコは、冷たい表情で言った。典型的な上海美人だ。額が広く、顎が細い。すらりとした肢体を、スリットの深いチャイナドレスに包んでいる。

ヤンは、真剣な表情で言った。

「私たちの助けがいずれ必要になる」

「流氓の助けは借りないわ」

「私たちは、ただの黒社会ではない」

黒社会というのは、香港《ホンコン》、台湾などの暴力団を指す言葉だ。

「みんな同じよ」

「そうじゃない」

ヤンは、説得するような口調で言った。「私たちは、大きな資本力をバックに持っている。黒社会の資本力ではない。表社会の経済力だ。いずれ、この歌舞伎町は、私たちのものになる。私のボスは、そういう力がある人物だ」

「だからって、あたしたちは関係ないわ」

「私たちが、困ったことをすべて解決する。ヤクザとのいざこざも、警察や入管の手入れも……」

「警察や入管……？　そんなことできるはずがないわ」

「これまで、この街に住む中国人は力がなかった。だが、これからは違う。歌舞伎町は、チャイナ・タウンになるんだ」

ヤンの口調はあくまで真摯だった。その語り口は、たしかに単なる乱暴者のものではなかった。知性が感じられる。

ヤンは、もともと北京の知識階級の家庭に育ったという噂《うわさ》があった。中国にいる当時は、オピニオン・リーダー的な存在でもあったらしい。大学を出ているという話だった。

日本にやってきて、職を転々とするうちにいつしか、流氓となっていたのだという。

ヤンの伝説は、ヤクザとの喧嘩からはじまった。

彼は、たったひとりで、六人ものヤクザをやっつけてしまったのだ。学生のころから長拳《ちょうけん》を学んでいたのだという。

長拳というのは、北京を中心に行われている中国武術だ。アクロバティックな動きを採り入れた、体操競技のような武術だ。試合は、拳套《けんとう》――つまり、型の優劣で競われる。

日本の武道家は、長拳を実戦的だとは考えていない。あまりに動きが華美なのでそう感じてしまうのだ。

しかし、ヤンは実際に強かった。

ヤクザを相手に立ち回りをするきっかけは、些細《ささい》なことだった。

ヤンの友人が、ヤクザの女に手を出したという言いがかりをつけられたのだ。

友人は、ヤンの目の前で袋叩きにされた。ヤンは、それまで自分の実力を自覚したことがなかった。

六人のヤクザにいいようにやられる友人を見て、彼は何もできなかった。やがて、ヤクザたちは、ヤンに矛先を向けた。

もともと言いがかりだったのだ。中国人を締《し》めようという腹だった。

ヤンは、恐怖に後先を忘れた。殺されると思い、いわゆる切れた状態になった。

ヤクザ相手に、体がひとりでに動いた。気がついたら、六人のヤクザが倒れていた。

ストリートファイターとしての才能が開花した瞬間だった。それが伝説となり、ヤンの生き方は変わった。

生活が安定していれば、こんなに簡単に生き方は変わらなかっただろう。日本にやってきて定職のない外国人は、その生活の不安定さ故に、犯罪や暴力の世界に入っていくのだ。

ヤンは、一時期ある流氓グループのボスだった。十名ほどの子分を連れて中国人経営の飲食店のボディーガードなどをやっていた。あるときから、ヤンは、何かの組織にスカウトされたという噂が立った。

それまで、ヤンは、たいてい素手で喧嘩をした。武器を使うときも、ヌンチャクとかせいぜいバット程度のものだった。

だが、組織にスカウトされてから、ときどき拳銃を持ち歩いているという。

「聞いたわよ」

ヨウコが怯《おび》えた様子で言った。「ゴールデン街にできつつある屋台村で、拳銃を撃ったって……」

「止むを得なかった」

ヤンは言った。「同胞をヤクザから救うためだ」

「ヤクザを撃ったの？」

「まさか……。狙いは外したよ。もっとも、撃ってもよかったがな……。相手は、それほど大きな組じゃない。それに、最近の日本のヤクザは、兵隊をあまり持っていない。バブルの頃、経済活動に精を出し過ぎたせいだ……」

「そんなことをして、警察が黙っていると思う？　日本の警察は、拳銃に対してはものすごく神経質だと聞いたことがある……」

「いくら神経質でも成果を上げていない」

ヤンの口調は冷静だった。「拳銃は、日本中にあふれている。特に、この新宿歌舞伎町には、どれほどの銃があるかわからない」

「警察はばかじゃないわ。私服が内偵している。どこに警官がいるかわからないのよ」

「心配してくれなくていい」

ヤンは、言った。「立場が逆だ。あんたたちの心配をするのが、私たちの役目だ」

「ボディーガードの必要などないわ」

ヨウコは、あくまでも突っぱねた。「この街があなたがたのものになるというのなら、そのときにまたきてちょうだい」

ヤンは、静かにうなずいていた。やがて、彼は立ち上がった。

「よく考えることだ。近いうちにまたくることになりそうだ」

ヤンが出ていくと、ヨウコは、つぶやいた。

「ばかな人ね……」

彼女は、困惑しているようだった。「誰に吹き込まれたか知らないけれど、この街が本当にチャイナ・タウンになると信じている……。そんなこと、あるはずないのに……」

だが、彼女も、それを信じたがっているのかもしれなかった。

クラブを出たヤンのもとに、若い男が駆け寄った。シャオマーと呼ばれるヤンの手下だった。ヤンは、この若いシャオマーを特にかわいがっている。

シャオマーは、喧嘩が強かった。福建省《ふっけん》の出身で、中国武術の虎拳《こけん》を学んでいた。

福建省は、現在中国本土で最も武術の盛んな土地だ。

虎拳は、南派の拳法で、しっかりと足を踏ん張り細かな手技を特徴とする。動きは小さいが一撃一撃が強力だ。

ヤンが学んだ長拳は、北派の流れを汲《く》んでいる。ジャンプしたり旋回したりと目まぐるしい動きをする。

一般に、南拳北腿《なんけんほくたい》といわれ、南派では、手技が、北派では蹴り技が発達している。

また、南派は力で打ち、北は勁《けい》で打つといわれている。鍛練法にも違いがあるのだ。

この若者が、シャオマー――つまり、小馬と呼ばれるのは、仲間に馬《マー》という名の男がもうひとりいるからだった。

シャオマーは、もうひとりの馬より、年も若く体も小さい。

「ヤクザたちが、またやってきている」

シャオマーがヤンに言った。

「ゴールデン街の空き地か？」

「今度は人数も多い。この間のことがあるから、やつらは銃を持っているかもしれない……」

「人数は集めてあるか？」

「五人いる。僕とヤンさんを入れると七人になる」

「拳銃は？」

「三挺《ちょう》ある」

シャオマーは、シャツの裾をめくってベルトに差してある九ミリ・オートマチック拳銃を見せた。「あとの二挺は、ワン・フーとトントンが持っている」

「その銃をよこせ」

ヤンは、ふたりの体で隠すようにして銃を受け取った。それを、シャオマーがやっていたように、ズボンの前に差し込んだ。ベルトの上にのぞいているグリップをシャツの裾で隠した。

ヤンは軽快に駆け出した。

歌舞伎町の人混みをすり抜けるように走る。その身のこなしは、誰にも真似ができなかった。

シャオマーは、なんとか遠く離れずについていくのがやっとだった。

ヤンは、ゴールデン街に入り、空き地に近づくと慎重に歩を進めた。建物の角から様子をうかがう。

屋台は四軒あった。先日と同じだ。その前に、ヤンの仲間が五人いる。

そのうちのふたりは拳銃を持っているはずだが、まだ出してはいなかった。

それを取り囲むようにヤクザがいた。人数は、シャオマーが言ったとおり、先日より多かった。八人いる。

見覚えのある連中だった。先日やってきた五人が混じっている。

ヤンは、彼らが何者か知っていた。夜叉神会《やしゃじんかい》系古井田《ふるいだ》一家の連中だ。

痩せた切り込み隊長は、勝沼《かつぬま》という名だった。血の気の多い小太りのヤクザが犬塚《いぬづか》、背広姿の兄貴分が荒木《あらき》といった。

あとの五人は、若い衆だった。ヤンは、全身がかすかに震えるのを感じた。闘いの前はいつもそうだった。

彼は、自分が恐怖を感じているのだということを自覚していた。命のやりとりをするのだから恐ろしくないはずはない。

彼は、恐れを感じていることを恥じてはいなかった。大切なのは、恐怖をコントロールできるかどうかだと考えているのだ。

喧嘩のときに、威勢よくわめき散らすタイプをヤンはあまり信用していなかった。本当に腹が据わっている人間というのは、自分が感じている恐怖や興奮を自覚できる連中のことだと思っているのだ。

ヤンは、恐怖と緊張に負けるようなことはなかった。

ヤクザたちが、何事かわめいている。ヤンはある程度日本語を話すが、怒りに駆られて早口でまくし立てるヤクザたちの言葉を理解することができなかった。

だが、態度で何を言っているかはわかった。脅しを掛けているのだ。

突然、兄貴分の荒木が拳銃を抜いた。リボルバーだった。三八口径のスミス・アンド・ウエッスンのようだ。

それを合図に、痩せた勝沼と小太りの犬塚も銃を抜いた。同じ拳銃のように見える。

ダブルアクションのリボルバーは、フルロード——つまり、シリンダーに全弾詰めておけば、引き金を引くだけで弾が出る。

しかし、オートマチックは、持ち歩く際、安全のため薬室を空にしておく。一度、遊底を引いて、マガジンから初弾を薬室に送り込まなければならないのだ。

銃を抜いてから遊底を引くその手間が、命とりになる場合もある。

荒木の指は引き金にかかっている。

ヤンは、迷わず銃を抜いて遊底を引いた。荒木に先に撃たせてはいけない。

建物の陰から銃を構え、片目を閉じて撃った。荒木の肩に着弾した。

荒木は、後ろから強く突かれたように体をひねって倒れた。銃弾を食らうと、まずひどいショックを受ける。そのために一時的に全身がいうことをきかなくなる場合がある。

着弾しただけで、気を失うこともある。

ヤンは、両目を開けて様子を見た。狙いを付けるときに両目を開けるのは、銃を撃つ際の常識だが、暗闇では違う。自分の銃のマズルフラッシュで、目が眩《くら》んでしまうのだ。

暗闇では銃口から飛び出す炎は意外に明るい。

ヤクザたちは、せわしなく周囲を見回していた。どこから撃たれたのかわからないのだ。

ヤンは、再び片目を閉じ、落ち着いて第二弾を発射した。勝沼の尻に命中した。

ヤンの仲間は、やるべきことを心得ていた。

荒木が撃たれた瞬間に、ワン・フーとトントンと呼ばれているふたりが拳銃を取り出した。すぐに遊底を引き、ヤクザたちに向かって撃った。

荒木は、すでに意識を取り戻していたが、起き上がらずにいた。尻を撃たれた勝沼も地面でうずくまり、弱々しくもがいている。

犬塚は、夢中で撃ちはじめた。あっという間に六発すべてを撃ち尽くす。

若い衆はどうすることもできなかった。ひとりが逃げ出した。残った四人は、頭を抱え、その場に突っ伏した。

ヤンは、銃を両手で構えて、広場に進み出た。

犬塚が、空薬莢《からやっきょう》だけになったリボルバーをヤンに向けていた。虚《むな》しく引き金を引いている。目を一杯に見開いている。

ヤンは、犬塚の胸に狙いをつけていた。

「失《う》せろ」

ヤンは日本語で言った。「そして、二度とここへくるな」

犬塚は虚勢を張ろうとしたが無駄だった。三挺の拳銃が、彼らに向けられている。

「野郎！　覚えてろ！」

そう言うのがやっとだった。

若い衆たちに荒木と勝沼を助け起こさせた。荒木と、勝沼は、若い衆に肩を借りてなんとかその場を去った。最後に姿を消したのは、犬塚だった。

「すぐに警察がくる」

ヤンが屋台の店主たちに言った。「今日のところは、もう店じまいにして姿を消したほうがいい」

すでに、ヤンの仲間たちは、ほうぼうに散って姿をくらましている。

ヤンも、路地の暗闇に去っていった。

屋台の店主たちは、驚くほどの素早さで屋台を畳み、その場を逃げ出した。

4

深夜の一時を過ぎて、『ハイランド』にハルミ――村元麻美がやってきた。客を連れていなかった。

珍しく、店が終わってから暇だったようだ。常連客が三人おり、彼らは、麻美と氷室が付き合っていることを知っていた。マスターのゲンさんは、もちろん知っている。

麻美は、常連たちの人気者だった。どこにいても男たちの人気を集める天性の素質があった。キャバクラ勤めで、その素質に磨きがかかっていた。

「また銃撃戦があったのよ」

麻美は、席に着くと言った。

氷室にではなく常連たちに話しかけていた。『ハイランド』では、麻美は氷室とことさらに親しげな態度は取らない。氷室は、バーテンダーの立場をわきまえているので、麻美とは、言葉を交わすことすら稀《まれ》だった。

それでも、麻美は満足のようだった。プライベートな時間を、氷室とともに過ごせるからに違いなかった。

『ハイランド』が終わればいっしょに帰ることができる。気が向けば、朝までやっている焼肉屋などに行って、食事をすることもあった。

常連のひとり、出版社につとめる細井進《ほそいすすむ》が麻美を見た。出版社といっても、ゴシップ専門の雑誌を出しているに過ぎない。細井は尋ねた。

「また、中国人かい？」

「どうかしら？　ヤクザが警察に捕まったって聞いたけど……」

別の常連、自称パチプロの東貞吉《あずまていきち》が尋ねた。彼は、常連やマスターから貞ちゃんと呼ばれている。

「どこの組だ？」

「古井田一家らしいわよ。そっちのほうに詳しい客が言ってたわ」

「夜叉神会系だ……。地回りだな……」

貞ちゃんは、もっともらしい顔でつぶやいた。

「どういう状況で捕まったんだろうな……」

もうひとりの常連、梅垣哲夫《うめがきてつお》が言った。梅垣哲夫は、歯科技工士をしている。

「撃ち合いの現場から引き揚げるところに、丁度警察が駆けつけて、鉢合わせした恰好になったんですって……。ヤクザは怪我《けが》をしていたと言っていたわ」

「見ていたのか、その客」

細井が好奇心を剝《む》き出しで尋ねた。彼が編集に携わっている雑誌は、どんなことでもネタになった。

「そう。歌舞伎町をふらついていたんですって。どこで遊ぼうか迷っていたんじゃない？　銃声がしたんで、何事だろうと見ていたら、警察が駆けていったそうよ。そうしたら、ヤクザの一団がやってきて……」

「銃撃戦と言ったな……」

パチプロの貞ちゃんが言った。

「ええ」

「つまり、古井田一家の連中も銃を持っていたということだ」

「そういうことになるわね……」

「やっかいだな……。警察は、最近、拳銃に関しては特に神経質になっている。街中で銃撃戦をやって逮捕されたとなると言い逃れはできない。古井田一家は、徹底的な手入れを食らうだろう。幹部が逮捕されるかもしれない。事実上の解散に追いやられるかもしれないな……。ただでさえ、景気が悪くて古井田一家みたいな小さな地回りはつぶれる寸前なんだ」

「そうなると……」

ゴシップ雑誌記者の細井が言った。「モザイクのように入り組んで、どうにか均衡を保っていた歌舞伎町の暴力団勢力のバランスが崩れてくるな……」

パチプロの貞ちゃんが言った。

「実のところ、もう崩れかけているよ。外国人勢力のおかげでな……」

「俺、変な噂を聞いたんだけど……」

歯科技工士の梅垣が言った。

「何だ？」

細井が訊いた。

梅垣は、小さな目をしばたたいた。最近の流行《はや》りから言うと髪が長めで、常連の間ではオタクで通っている彼は、店の中の人間の反応を気にするようにおずおずと言った。

「中国人だか台湾人だかが、夜中から夜明けにかけて、道路に鉄の杭《くい》を打ち込んでいるというんだ……」

「道路に鉄の杭……？　何だそりゃ……」

「知らないよ。でも、見かけたという人が何人かいて、噂になっている」

「流言蜚語《りゅうげんひご》の類じゃないの？　あるいは、アーバンレジェンドとかさ……」

「アーバンレジェンドって、あの口裂け女みたいな……？」

「そう。得体の知れない外国人が意味不明のことをしている……。日本人てのは、そういう噂を立てたがるものだ……」

「そうかもしれないな……」

「これから、その鉄の杭とやらを探しにいこうじゃないか」

パチプロの貞ちゃんが言った。

「これから……？」

梅垣が貞ちゃんを見た。

「そうだよ。噂かどうか確かめてみればいい。杭を打ち込んだというのなら、その杭が残っているはずだ」

「面白いかもしれないな……」

細井が言う。「噂の真偽を確かめるのも……」

「だが、噂が本当だとして……」

貞ちゃんが言う。「何のために杭なんぞ打ち込むんだ？　それも鉄の杭なんかを」

梅垣が肩をすぼめる。

「さあね……。でも、その杭は、全部、地中に打ち込んじまうんだそうだ」

「けど、歌舞伎町ってのは、どこもかしこも、アスファルトに覆われているんだぜ。杭を打ち込むったって……」

「それがね……。街の中にも地面が露出しているところがあるだろう？　例えば、街路樹の根元とか、バブル崩壊の影響で更地になったままの土地とか、公園とか……。そういう場所に打ち込むらしいんだ」

「何だか訳がわからねえな……」

貞ちゃんは、その話にけりをつけるように言った。

「ほっとけよ。別に実害があるわけじゃない。鉄の杭が何だっていうんだ。やらせておけばいいのさ」

「杭を探しにいくんじゃないのか?」

細井が貞ちゃんに言った。

「言っただけだよ。いきたいならあんたがいけばいい。歌舞伎町をうろつくなんて御免だよ。最近じゃ、どこから銃弾が飛んでくるかわかったもんじゃない」

「なら、どうして歌舞伎町で飲んでるんだ? よそにいきゃあいい」

「俺は昔からこの街で飲んでるんだ。ヤクザが出入りを繰り返している時代からだ。外国人に追い出されてたまるか」

麻美は、黙って話を聞いていた。

ふと、彼女は、氷室の様子が少しばかり変なのに気づいた。氷室は、手を止めて、じっと三人の話に聞き入っていた。

話を聞きながら、しきりに何かを考えているようだった。

氷室が客の話にこうして聞き入るのは珍しいことだった。麻美は、それを知っていた。氷室が何を考えているのか気になった。部屋に帰ったら尋ねてみようか――麻美は、そう考えていた。

噂は本当だった。

鉄製の杭を打って歩いているのは、ヤンの一味だった。直径五センチもある鉄の杭で、長さは、四十センチほどだった。彼らは、人通りを避けて作業をしていた。しかし、歌舞伎町は、いついかなるときでもどこかに人がいる。したがって、その行動を目撃する人は次第に増えていくはずだった。

だが、それを見ても、あまり気にする者はいなかった。

何をやっているかわからないからだ。別に悪いことをやっているという印象はない。ヤンの手下たちは、淡々と作業を進めていたからだ。

実のところ、作業をしている彼らも鉄の杭を地面に打ち込むことの意味を知らなかった。彼らは、ただ命令されているだけなのだ。彼らに直接命令を下すのは、ヤンだったが、ヤンも、理由を知らない。

彼も上から命令されているのだ。ヤンは、場所を指定される。それを手下に伝える。ただ、それだけだった。

訳のわからないことをやらされているという不満はあった。しかも、警察などに見つかると面倒なことになるのはわかっていた。だから、作業は、迅速であることを求められた。

それをやってのけられるのは、おまえしかいない。そのような意味のことをヤンは上の者から言われていた。

ヤンは自尊心の強い男なので、そうした言葉に弱かった。

ヤンは、作業の理由を尋ねたことがあった。上の者は、「そのうちにわかるだろう」とだけこたえた。


パチプロの貞ちゃんが言ったことは本当だった。

銃撃戦の三日後には、新宿署と警視庁捜査四課が、古井田一家に対して厳しい家宅捜索を行った。

長い間、暴力団と所轄署は持ちつ持たれつの関係を続けてきた。それは、直接的には第二次世界大戦後の混乱期から続いた伝統であったし、また広い意味では、江戸幕府の民衆対策の伝統でもあった。奉行所から十手《じって》を預かったのは、民間人で、いわゆる親分さんたちだった。

任俠《にんきょう》団体は、戦後の混乱を取り仕切るのに一役買っていた。たしかにそういう時代もあったのだ。

また、長期独裁政権だった自民党は、保守勢力を守るために積極的に暴力団を利用した。これは、紛れもない事実だ。

暴力団は、選挙の際の票の取りまとめから、左翼勢力の弾圧まで、さまざまに暗躍していたのだ。

地元での組と所轄署の関係は、その縮図でもあった。

警察の暴力団担当は、日常的に暴力団員と接触して情報を得ていた。見返りに、警察の情報を流すこともあった。

ウチコミと称する家宅捜索は、たいていは事前に暴力団に情報が流れていたものだ。暴力団も、拳銃の一挺くらいを事務所に置いておき、警察へのミヤゲにするのだ。

組員が拳銃所持で逮捕されるが、ほどなく不起訴か起訴猶予になる。暴力団のほうにもそれほどの被害はなく、警察の面子も立つ。そういうことが長い間行われてきたのだが、最近では、事情が変わってきた。

警察の方針が強硬になったのだ。その背景には、バブル経済下の民事介入暴力の極端な増加があった。また、密造拳銃や密輸された拳銃が巷《ちまた》に溢《あふ》れ、銃器による犯罪が増加したことも理由のひとつだった。

バブル崩壊や暴対法によって収入源を絶たれた一部の暴力団は、先鋭化し、金を得るために麻薬や武器などの密輸といった犯罪的な商売にことさらに精を出すようになった。

また、企業の役員が暴力団員によって相次いで襲撃されるなど、これまで考えられなかった事件が起きた。

警察は、暴力団と対決姿勢を強めたのだ。今回の、夜叉神会系古井田一家への家宅捜索並びに検挙は、容赦のないものだった。

古井田一家の実動部隊は、ほとんど逮捕された。日常の経済活動がままならなくなり、借金の返済もままならなくなる。

事実上、解散に追いやられたのだと、事情通たちは噂しあった。


日曜日は、氷室も麻美も昼過ぎまで寝ている。

午後二時ごろに氷室はベッドから起き出した。麻美は、まだ寝息を立てている。

コーヒー・メーカーに挽《ひ》いたコーヒー豆と水を入れ、新聞を開く。

やがて、コーヒーの芳香が部屋の中に漂いはじめる。カーテンの隙間から日の光が差し込んでいる。

穏やかな午後で、氷室はささやかな幸福感を味わっていた。

決して理想の生活ではなかった。まともな社会生活を営んではいないという、かすかな後ろめたさを感じている。

もともと公務員だったので、ことさらにそんな気がするのかもしれないと彼は思っていた。

だが、一方で、今の生活にそこそこ満足しているのも事実だった。仕事があり、女もいる。

麻美と結婚するかどうかはわからないが、してもいいと思っている。第一、今の仕事は誰からも怨《うら》みを買わずに済む。

土門という入国管理局の男が言った事件は、もちろん覚えていた。忘れられるはずはない。

土門が言ったとおり、氷室が入管を辞めるきっかけになったのは、その出来事なのだ。入管では、特にアジア系の外国人に対して酷《ひど》い扱いをする。

氷室が勤めていた入国管理局第二庁舎では、暴力沙汰が日常だった。

係員は、誰もが苛《いら》ついていた。

少しでも言うことを聞かない外国人を、平気で殴った。人権という言葉は、入管にはなかった。

人権以前に、入管の現場係員は、違法残留外国人を人間だとは考えていなかったのだ。氷室は、そうだったと思っている。今にして考えると恥ずかしいことだ。

だが、その当時は、そういう感覚が麻痺《まひ》していたとしか思えない。

職場の雰囲気が、職員の人格までを変えてしまうようだった。

人手が少なく、職員は皆疲れ果てていた。表に出せないような暴言を平気で吐いた。

「おまえら、国に帰れ」というのが、皆の口癖になっていた。この言葉を、南ベトナム出身の男にぶつけた職員がいた。

帰りたくても、南ベトナムという国はもうないのだ。政治的難民として扱うべき外国人を犯罪者扱いしてしまう。

同様のことが、ビルマ出身者に対して行われる。現ミャンマー政府下では帰国すれば迫害されるような人間を、単なる不法残留者として取り締まるだけだ。

どこの先進国でも、こうした政治的難民は、認定して亡命を認める。だが、日本では、言葉でいじめ、暴力を振るい、家畜なみの収容生活を強いるだけだ。

呉兄弟に対する暴行は、そうした日常の一コマでしかなかった。

氷室は、積極的に暴行に参加したわけではない。だが、止めることもしなかった。

職員の中には、ストレス解消のために、外国人を殴ると公言してはばからない者もいた。

氷室は、職員の中で孤立したくなかった。現場で人権意識を振りかざしても意味がないのだ。

弟の呉良沢は、入管の待遇に抗議をして食事を摂《と》らなくなっていた。それが、職員たちの反感を買った。

また、兄の呉俊炎は、たいへんにプライドが高かった。どんなに殴られ蹴られても、職員を蔑むような態度を取りつづけた。

「締めよう」

誰かがそう言いはじめて、深夜に、ふたりをスペシャルルームと呼ばれる隔離室に連れていった。

その時の職員は、四人いた。そのなかのひとりが氷室だった。

弟は、食事をしていないせいで衰弱していた。兄をふたりが押さえつけ、あとのふたりが弟に対して殴る蹴るの暴行を加えた。

暴行というのは、やっているうちにエスカレートしていく。歯止めがきかなくなってくるのだ。

弟の呉良沢の顔は、たちまち血まみれになった。

入管の係員は、血を見ても何とも思わない。日常となっているのだ。

呉良沢は、口の中を切り、歯を折られ、鼻血を流した。さらにふたりの職員は、腹を蹴った。

呉良沢の様子がおかしくなったのは、三十分ほどたったころだった。

急性心不全だった。外的なショックに耐えられるだけの体力が残っていなかったのだ。呉良沢は死んだ。

弟の死を知ったとき、呉俊炎は、狂ったように叫んだ。

言葉にならない声を上げ、慟哭《どうこく》すると、彼は言った。

「おまえたち、全員に、弟と同じ思いをさせてやる」

氷室以外の入管職員は、誰もその言葉を理解できなかった。氷室は、学生のころから興味を覚えて北京語を学んでいた。ある程度は、北京語を理解したのだった。

呉俊炎は、農村部の訛《なま》りがあったが、北京語を話していた。

その後の事件の扱いは、土門が言ったとおりだった。

忘れることができないだけに、触れられたくない出来事だった。

「うーん」という、麻美の声が聞こえた。

起き上がって伸びをしたのだった。

「コーヒー、飲むか?」

氷室は尋ねた。

「飲む」

子供のように麻美がこたえる。

この生活がいつまでも続けば、文句はない。氷室は、思った。

「飯を食ったら、出掛けてくる」

「どこいくの?」

「新宿だ」

「何しに?」

「ちょっとな……」

「鉄の杭のこと?」

氷室は驚いた表情で麻美を見た。

「図星のようね」

「どうして、そう思ったんだ?」

「鉄の杭の話をしていたとき、カズくん、変だったもの」

「変？」

「すごく難しい顔してた。訊こうと思って忘れてたんだ。あれ、何なの？」

「わからない」

氷室は言った。「だが、調べてみたい」

5

ひとりでいくつもりだったが、結局、麻美が付いてきた。

子供のような麻美にねだられると、氷室はいやと言えなかった。これも、うまく尻に敷かれているということなのだろうか。氷室は、いつもそう考えるのだが、別に不満はなかった。

「貴重な休みにまで、歌舞伎町にきちゃうわけね……」

麻美はからかうように言った。

「おまえだって、休みの日に客と飲みにいくことがあるだろう」

「あたしの場合は営業活動。でも、これって、違うでしょう？」

「趣味かな……」

「訳のわからない杭を探して歩くのが？」

「おまえが、洋服を探して歩くのと、それほど違わないと思うが……」

「洋服を探すのも仕事のうちよ」

若いホステスが、やたらに仕事仕事と言いたがるのを、常々氷室は不思議に思っていた。

若い女性が、毎晩、男の相手をして飲んだくれるというのは、常識で考えるとまっとうなことではない。彼女たちの心のどこかにそうした意識があるのかもしれない。仕事だと割り切ることで、自分自身に言い訳をしているのかもしれなかった。

ホステスも年季が入ってくると、私生活と仕事の区別がつかなくなる。そうなると、世間の常識などどうでもよくなるのだ。言い訳をする必要も感じなくなる。

氷室は、歯科技工士の梅垣が言ったことを思い出していた。

杭は、地面が露出している場所に打ち込まれているという。まず、氷室は、土地勘のある『ハイランド』の近くから探索をはじめた。『ハイランド』のそばで、地面が露出している場所といえば、銃撃戦が行われたゴールデン街の空き地がまず考えられる。

氷室は、その空き地に向かった。

麻美は、散歩に連れ出された犬のように付いてくる。今のところ、別に文句を言う様子はなかった。そのうちに、疲れたの、のどが渇いたの、腹が減ったのと言い出すのはわかりきっていた。

空き地を隈《くま》なく調べたが、杭が打ち込まれたような様子はなかった。打ち込んだ杭を抜いた穴も見当たらない。

氷室は、空き地を出て、花園神社の裏手にやってきた。

神社の境内は、もちろん地面が露出している。氷室は、境内に入った。

境内をすべて見回るのは時間がかかった。麻美は、この探索に興味を持ち出したのか、手分けして探そうと言い出した。おかげで、多少の時間の短縮にはなった。

結局、境内からも鉄の杭などは見つからなかった。

噂は、やはり噂でしかないのかと氷室は思いはじめていた。

花園神社を抜けて明治通りに出た。表通りに杭が打ち込めるような場所があるとは思えなかった。

氷室は、四谷第五小学校の角を左に折れて歌舞伎町に引き返した。区役所通りに差しかかろうとしたとき、麻美が声を上げた。

「あれ……。これ何？」

彼女は、街路樹の根元を指さした。

氷室は、そこを見て、目的のものを見つけたことを知った。街路樹を植えてある、ごくわずかのスペースに、丸い鉄が顔を出している。

杭の頭だった。氷室は、屈《かが》み込んでそれを調べた。

ただの鉄の杭だ。だが、殆《ほとん》どすべて地中に打ち込まれている。丁度、電気的なアースのような感じだった。それ以外には、目的が考えられない類の代物だった。

氷室は立ち上がり、周囲を見回した。

「この位置が問題だな……」

彼は、ひとり言を言った。

「どういう意味……?」

麻美が尋ねたが、氷室はこたえなかった。その道を歩きはじめる。次の街路樹まで進み、その根元を見る。

「あった……。ここにもある……」

氷室が言う。

「ほんと。同じものね……」

その通りは、風林会館の前を過ぎ、コマ劇場の裏を通っている。やがて、西武新宿の駅にぶつかる。

西武新宿駅前の通りに出て、氷室たちは、また左に曲がった。その通り沿いの街路樹も調べていく。

その通りにも杭が打ち込まれていた。

やがて、靖国《やすくに》通りに出た氷室は、通り沿いに建ち並ぶビルを眺めた。

麻美が苛立った調子で尋ねた。

「ねえ、あれ、一体何なのよ？」

「鉄の杭だ」

「それはわかってるわよ。何のために打ち込んだの？」

「はっきりしたことは言えないが……」

氷室は、歩き出した。「アースみたいなものだと思う」

「アースって何？」

「洗濯機や電子レンジに付いているだろう？　電気を大地に逃がすんだ」

「誰かが、あれに洗濯機や電子レンジをつなぐの？」

「もっとでかいものだと思う」

「何をつなぐの？」

「たぶん……」

　氷室は言いよどんだ。

「何よ」

「龍《りゅう》だ」


　近くの喫茶店に入ると、麻美は、さらに尋ねた。

「龍って、どういうこと？」

「いつか、風水の話をしたことがある。覚えているか？」

「なんとなく……」

「風水というのは、大地の気の流れを見る。基本的には、山から平地に向かって流れ、海に出る気を観る。こうした流れを、龍の通り道というんだ」

「龍の通り道……。ああ、何となく思い出したわ。その龍の通り道をうまく作ってやることで、家も繁栄し、街も発展する……。そうだったわね」

「そうだ」

「あの杭に龍をつなぐって、どういうこと……？」

「気というのは、電気に性質がよく似ている。だから、あれをアースだと言ったんだ。

つまり、ああいうふうに鉄の杭である場所を囲むことによって、シールドしてしまうわけだ」

「シールド……？」

「シールドってのは、電気的に遮断することだ。あの杭は、龍の道を遮断する目的で打ち込まれているように思う。一種の結界だ」

「結界……。何か心霊的な話になってきたわね……」

「心霊的というより、俺は科学だと考えているがね……。経験則に基づく科学だ」

「何だか、話が難しい」

麻美は、ストローで、アイスティーに浮かんだ氷を弄んだ。

「風水は、実にいろいろなことを言い当てる。そして、その方法はちゃんと体系付けられている。まったく同じ手法を人体に当てはめたとき、医術として応用できる。そういうのをオカルト的と考えるのはおかしいと、俺は思う。西洋的ではないが、確かに科学だと考えたほうがいい」

「龍の道というのが、科学？」

「龍の道という言い方は、昔の人がわかりやすいように例えただけだ。ある種のエネルギーの流れなんだ」

「それで、あの杭は、そういうエネルギーを遮断しているというのね？」

「そうだと思う」

「歌舞伎町を囲むような感じだったわね。歌舞伎町を結界にしているというわけ？」

「明治通り方向がまだ開いているがね」

「結界を作るとどうなるの？」

「龍の道が閉ざされ、エネルギーが入り込まなくなる。その地は、争いが絶えなくなるだろうし、活気もなくなる。衰退していくだろう。それも目に見えてな……」

「あんな杭を打つだけで……？」

「風水というのは、実に微妙なものだ。バランスを見るからな。例えば、石ころをひとつ置くだけで、家の運勢が変わったりする。しかも、これだけビルに囲まれていると、もともと、龍の流れはかなり遮られている。靖国通りのほうは、杭を打つ必要がないくらい、ビルで流れが遮られている」

「へえ……。でも、あの杭を打ち込んだのは中国人だと、梅垣さん、言ってたわね」

「そうだろうな……。かなり、風水に通じている人間だろう。中国本土ではなく、香港か台湾の人間かもしれない」

「どうして？」

「中国本土では、革命以来、風水や中国武術のような中国本来の知識が軽んじられた。近代化のために邪魔になるものと考えられたんだ。だから、そういう知識を持っている人間は、香港や台湾に流れていった」

「中国でもいい、香港でもいい、台湾でもいいわ。そういう国の人たちが、歌舞伎町を衰退させてどうしようというわけ？」

「わからないな……」

氷室は考え込んだ。「どういうやつが、どういう目的で、こんなことをするのか」

「仕返しかしらね……」

「仕返し……？」

「ほら、日本人は、中国に対してずいぶん酷いことをしてきたでしょう。歴史的にも……」

「若いのに、そういうことを知っているのか……」

「あたしたちは、店でオヤジの相手もするんですからね。政治の話だって、たまにはしなきゃいけない。新聞だって読むんですからね」

「おまえのようなホステスばかりだと、店に行っても退屈はしないかもしれないな」

「だからね、中国は、歌舞伎町をスラムにしてその仕返しを……」

「歌舞伎町をスラムにしたくらいで、仕返しになるかな……」

「そりゃまあ……。日本全体から考えればどうってことないけど……。そうね……。仕返しにはならないか……」

「衰退させたのを見て、ざまあみろ、とかいうことではなく、もっと、実質的な利害関係がある話のような気がする」

「例えば、どんな……」

「そうだな……。歌舞伎町に住む中国系の人たちが……」

「中国系の人たちがどうなるの？　歌舞伎町の中にいたら、その人たちも影響を受けるわけでしょう？　いっしょに商売がうまくいかなくなるんじゃない？」

「そうだな……。そうかもしれない。おまえの言うとおりだ。どうも、うまく説明がつかない……」

「まあ、あたしたちにとっての実害は、店がうまくいかなくなるかもしれないってことだけね」

「店がつぶれでもしたら、重大な問題だぞ……」

「まあ、今のうちに、池袋か六本木に河岸《かし》を変えようかしらね。キャバクラは卒業して、六本木のクラブもいいかもね……」

「この不景気だからな……。おまえはいいが、俺は失業するかもしれない」

「養ってあげるわよ」

「ヒモか？　情けないな……」

氷室は、軽口を叩いていたが、実は、嫌な気分だった。鉄の杭が、今後、何か大きな影響を自分に与えるのではないかという不吉な予感を感じていたのだ。

考えすぎだな……。彼は、その予感を頭から追い出そうとした。

だが、妙に、心の中にわだかまるのだった。


週明けの最初の客は、妙にそわそわした感じだった。

氷室は、その客の顔を見て、思わず眉をひそめた。

「やあ……」

客は、ぎこちない笑顔を氷室に向けた。「久しぶりだな……」

それは、入国管理局の警備課につとめていたころの同僚だった。同じ入国警備官だった男だ。

氷室が、彼に対して冷たい素振りだったのには訳があった。その男は、呉兄弟をリンチしたときのメンバーのひとりだった。氷室とともに、兄の呉俊炎を捕まえていた係官だ。名前は、沢渡昇一《さわたりしょういち》といった。

「何になさいます？」

「ああ……。ウイスキーの水割りを……」

氷室は、淡々と水割りを作り、沢渡昇一の前に置いた。

沢渡昇一は、それを一口飲むと、落ち着きなく店の中を見回した。ひどく小心な印象があった。何かに怯えているようにすら見える。

役所では、人一倍乱暴者だった。当時、氷室は、沢渡昇一を敬遠していた。今考えると、ただ、乱暴な口をきくだけの男なのだが、同じ職場にいるときには、逆らいたくないと感じていたのだ。

沢渡昇一は、がっちりとした体格をしている。高校時代にラグビーをやっていたと聞いたことがあった。

氷室の顔と、手元のグラスを交互に見つめている。話をするきっかけを探しているようだった。

「久しぶりだな……」

沢渡は、もう一度同じことを言った。

「昔話をしたいのなら、まっぴらですよ」

氷室は、沢渡昇一を見ずに言った。

またしても、マスターのゲンさんの視線を横から感じていた。ゲンさんは何も言わない。

「俺だって、同様の気分さ……」

沢渡昇一は、さらにグラスのウイスキーを飲んだ。今度は、一気に半分ほどを干した。「思い出したくない不祥事だった。だが、そうも言っていられなくなった」

「どういうことです?」

氷室は、気乗り薄の口調で尋ねた。土門という入管の役人が訪ねてきたことと何か関係があるのだろうか? ふと、氷室はそう思ったが、それを口にも、表情にも出さなかった。

「橋本《はしもと》と村上《むらかみ》が殺された」

氷室は、無言で沢渡昇一を見つめた。表情は変わらない。動揺を押し隠しているのだ。また、どういう反応をしていいのかわからないのも事実だった。

橋本と村上というのが誰のことか、氷室にはすぐにわかった。やはり、もと同僚だ。橋本守《まもる》と村上裕助《ゆうすけ》。呉良沢に暴行を加えたふたりだ。

「殺された……」

氷室は、そうつぶやいてから、マスターのゲンさんの顔をちらりと見た。ゲンさんは、氷室と沢渡のやりとりをじっと眺めている。沢渡は、氷室の視線で、そのことに気づいた。

「ちょっと、出られないか?」

沢渡は言った。

「仕事中です」

「ちょっとの間だ。ほかに客もいない」

「いつ、客が入ってくるかわからないんです」

「俺が席を外そう」

ゲンさんが言った。

「いや、その必要は……」

氷室は言った。

「買い物もある」

ゲンさんは、ベストに蝶ネクタイという仕事着のまま店を出ていった。

「迷惑だな……」

氷室は、沢渡に言った。

「わかってる。だが、迷惑どころじゃ済まなくなるかもしれない」

「橋本と村上が殺されたというのは、どういうことだ？　そんな記事は新聞で読んだ覚えはない」

「ふたりは相次いで不審な死に方をした。警察では、事故と言っているが、俺は信じてはいない」

「どんな死に方だったんだ？」

「橋本は、自動車事故だった。村上は、帰宅途中に突然駅の階段から転げ落ちた。首の骨を折っていた。かなり酒が入っていたということだった」

「警察が事故だというのなら、事故なのだろう」

「あの事件に関わったふたりが、相次いで死んだんだ」

「偶然ということもある」

「俺にはそうは思えない」

「あんなことをしたんだからな……」

氷室は言った。「心穏やかではいられないのは当然だ。だから、疑心暗鬼にもなる。俺たちは、一生あのことを忘れられない。罰を受けているんだよ」

「そんな罰じゃ満足しないやつがいるんだ……」

「誰のことを言ってる?」

氷室は、土門の訪問のことをまた思い出した。

「呉俊炎か?」

「そうだ。呉俊炎が日本にきているという話を聞いた」

「強制退去処分執行を受けた者にビザが下りるとは思えない」

「今や、呉俊炎は、ちょっとしたＶＩＰらしい。香港で財を成した大物実業家なんだ。商用ビザが下りているという話だ。俺は、橋本と村上が死んだことが、呉俊炎の来日と無関係とは思えない」

氷室は、土門が自分を訪ねてきたことも、それらの事柄に関係があるのかもしれないと思った。

「何が言いたい?」

「おまえも俺も危ないということだ」

「どうしろというんだ」

「わからない。だが、注意すべきだ。それを言いにきた」

「俺は、おまえが口止めにきたのかと思ったよ」

「口止め……?」

「何日か前に、土門という男がここにきた。入管の特別対策室の室長という肩書があった。知ってるか？」

「知らんな……。そいつは何のためにここにきたんだ？」

「呉兄弟のことについて調べていると言った」

「何かしゃべったのか？」

「いや」

「くそっ」

沢渡は毒づいた。「役所はいつも、俺たちにやばいことを押しつけようとする。トカゲの尻尾《しっぽ》切りだ。国際化だ何だときれいごとを言って、現場の人間は差別を強いられる。政府や役所が表沙汰にできない差別を、俺たちが代行させられるんだ」

「そんなことを言ったって、人を殺した言い訳にはならん」

「政府の、いや、日本の国民が皆持っている外国人に対する差別の意識を、俺たちは、代弁させられているだけだ。人権だ何だと言っているやつらは、入管の現場を知らないんだ」

氷室は何も言わなかった。反論する資格が、自分にはないのだという気がした。

沢渡は、グラスに残った水割りを一気に干し、店を出ていった。

6

『ハイランド』を出た沢渡は、すぐに後悔した。日が暮れて時間がたつにつれ、歌舞伎町の人通りは増えていく。

髪の毛を茶色にした若者が、道端にたむろしはじめる。ミニスカートをはいて、やはり、髪を茶色にした若い娘が、連れ立ってその前を通り過ぎる。

背広姿のビジネスマンや、ＯＬが行き過ぎる。

そうした通行人とは別に、路地の入口や電話ボックスのまわりに何人かで佇《たたず》んでいる連中がいた。

その連中がアジア系の外国人であることは一目でわかる。

入管に勤めている沢渡は、彼らのほとんどが不法残留者であることを知っていた。だが、気分的に優位には立てなかった。

沢渡は今、ひとりであり、プライベートな時間だった。歌舞伎町は、敵のなわばりのような気がしていたのだ。

のこのこ氷室などに会いにこずに、家でじっとしているべきだった。

沢渡は思った。だが、会いにこずにいられなかった。橋本と村上の死を知ったときから不安でたまらなかったのだ。

入管を辞めてしばらくたち、その後、昔の同僚とは連絡を絶っている氷室には、知らせがいっていないのは明らかだった。大きく新聞で報じられるような出来事でもない。

沢渡は、何とか氷室に会って知らせなければならないと思った。

同時に、沢渡は、仲間を得たかったのだ。ひとりでは、不安に耐えきれない。気弱になっていたのだ。

何とか人づてに氷室の消息をたどり、『ハイランド』へやってきたのだ。

沢渡は、新宿駅へ急いだ。

誰かに尾行されているのではないかと気になり、何度も後ろを振り返って見た。

だが、結局人混みのせいで、尾行されているかどうかはわからなかった。

突然、中国系の男が脇から近づいてきた。沢渡は、緊張した。

中国系の男は、ひどく凶悪な目つきをしているように感じられた。沢渡は、すんでのところで、叫びながら逃げ出すところだった。中国系の男は、さっとビラを差し出すと、言った。

「シャッチョさん。カラオケどう？　女の子もいるヨ」

沢渡は、恐怖に目を見開いている自分に気づいた。

ほっとすると同時に、妙に腹立たしく、男を乱暴に突き飛ばして、足早にその場を去った。

靖国通りで信号待ちをしているときも、気が気ではなかった。誰かが自分を狙っているような気がした。

ようやく新宿駅にたどり着いて、安心した。切符を買って山手線の乗り場に向かう。ホームは混み合っている。沢渡は、スポーツ新聞を買って、電車を待った。駅で何かが起きるとは思っていなかった。

彼は、村上という同僚が、駅で死亡したという事実をあまり重く見てはいなかった。何となく、人がたくさんいる駅構内は安全という気がしていた。

突然、腰のあたりに鋭い痛みを感じた。

「いてっ」

沢渡は、小さな声を上げて咄嗟《とっさ》にそのあたりに手をやった。細く冷たいものに触れた。沢渡は、体をひねって腰のあたりを見た。

細い針金のようなものが背広の上から腰に刺さっている。その針金のようなものを持っている手が見えた。

訳がわからず、沢渡は、視線を上げた。

中年男が、その針金のようなものを持っている。

腰に何かを刺されたのだとわかったとたんに痛みを感じた。

ずんと、重く深部に響くような痛みだ。

中年男は、その針金のようなものをゆっくりと引き抜いた。手に持った新聞で巧みに手元を隠している。だが、沢渡の角度からはそれが見て取れた。

中年男が持っているのは、長くて太い中国鍼《ばり》だった。

沢渡が何か叫ぼうとした。

ホームに電車が近づきつつあった。

中国鍼を持つ男は、中国語で何か言った。次の瞬間、沢渡は、軽く押されるのを感じた。

踏みとどまろうとした。しかし、膝から下にまったく力が入らなかった。痺《しび》れてしまったような感じだ。

沢渡は、ふらふらと前方に歩み出た。まったく踏ん張りがきかない。

そのまま、崩れるように体が倒れていくのを感じた。

だが、沢渡が倒れたのは、プラットホームの上ではなかった。彼は、ホームから転げ落ちたのだ。

そこに電車が入ってきた。

ほんのわずかの間の出来事だった。

沢渡は、一瞬にして轢死体《れきしたい》となった。


火曜日の午後、氷室は、いつものように、ベッドから抜け出すと、コーヒーをいれて新聞を開いた。

熱心に新聞を読むわけではない。見出しを読み飛ばすだけだ。

次々とページをめくっていく氷室の手が止まった。

新宿駅で人身事故という小さな記事が目に入ったのだ。最初、なぜ、その記事が気になったのか、自分でもわからなかった。

改めて見直してみて、入国管理局職員という文字があることに気づいた。その文字に反応したのだ。

そして、被害者の名前を見て、愕然《がくぜん》とした。沢渡昇一だった。

氷室は、無意識のうちに何度も、その記事を読み直していた。

彼は、新聞を持ったまま唇を噛《か》んでいた。昨夜、沢渡から話を聞いたときは、本気で考える気はなかった。

どこか、自分とは関係ないという気分だった。沢渡の考え過ぎではないかとさえ思った。

その沢渡が死んだ。

沢渡の言ったとおりとしか考えられなかった。四人のうち、三人が死んだのだ。

自分が一番最後になった理由は、何となく理解できた。ほかの三人はまだ入管に勤めている。居場所がつかみやすかったのだろう。

入管を辞めてしばらくたつ氷室の消息を、相手は、まだ摑んでいないのかもしれない。

だが、相手が本気だとしたら、時間の問題だと思った。事実、土門や沢渡は、『ハイランド』をつきとめてやってきたのだ。

「どうしたの？　ぼうっとして……」

眠たげな麻美の声が聞こえた。

氷室は、新聞を畳み、コーヒーを注ぎに立った。

麻美は、ベッドの上に身を起こし、氷室の様子を眺めている。

「コーヒー飲むか？」

「飲む」

毎日、繰り返される会話だった。麻美のカップにコーヒーを注いでテーブルに置く。ベッドから出た麻美がそのカップを両手で持ち、一口飲んだ。

「なんか、様子が変よ」

「そんなことはない」

氷室が、そばにすわる。麻美は、コーヒーカップを置くと、いきなり氷室に抱きついてキスをした。

「何だ、突然……」

「何かあったのなら、ちゃんと話して」

「何でもない……」

「勝手にひとりで生きている気にならないでよ」

氷室は、麻美を見た。麻美は、怒っているようだった。氷室は、何も言わなかった。

「あたしたち、何のためにいっしょに暮らしてるの？　部屋代を折半にするため？　セックスのため？」

「どうしたんだ、いまさら……」

「理解し合うためじゃないの？　どちらかに何かあったときに力になるためじゃないの？　そうじゃなかったわけ？　それとも、あたしに話してもしかたがないというわけ？」

「そんなつもりじゃなかった」

「じゃあ、何で話してくれないの？　見てれば何かあったことくらいわかるのよ」

氷室は、しばらく考えていた。

「そうだな……。話しておいたほうがいいかもしれない」

やがて、氷室は言った。「入管に勤めていたころ、俺は、中国人の兄弟をリンチにしたことがある」

麻美は、黙って聞いていた。

「その弟のほうが死んだ。俺は、弟を暴行したわけじゃないが、その間中、兄のほうを押さえつけていた。同罪だ。そのとき、俺たちは四人だった。俺は、その出来事で嫌気が差し、入管を辞めた。その四人のうち、三人が最近相次いで死んだ。三人目は、昨日だった。新宿駅で電車に轢《ひ》かれて死んだそうだ」

「それって、殺されたってこと……？」

「昨日死んだやつは、俺に気をつけろと言いにきた。俺は本気にしなかった。だが、その男も死んだ。その男は、俺たちがリンチにかけた兄のほうが、日本にやってきているると言っていた……」

「警察は、何をやっているの？」

麻美は言った。「同じ事件に関わった四人のうち、三人が死んだ。当然、殺人事件だと考えているんでしょうね？」

「わからない。そうかもしれないが、俺が確かめる方法はない」

「警察に話せば？」

「そうだな……」

そのとき、氷室は、警察ではなく、土門のことを思い描いていた。

土門は、こういう事態を予想していたのではないかと氷室は思った。連絡を取るなら、警察より、まず土門だという気がした。

氷室が駆け込むより、土門が手配したほうが、警察は本気で動くように思えたのだ。

氷室は言った。

「入管の人間に電話してみる。何とか手を打ってくれるかもしれない。おまえは、当分俺から離れていたほうがいい」

「本気で言ってるの？」

「本気だ。相手は、もう三人、殺している。巻き添えになるかもしれない」

「冗談じゃないわ。女をなめないでよ。そんな中途半端な気持ちでいっしょに住んでると思ってるの？」

麻美は本気で怒りはじめたようだった。

「情け容赦のない連中だ」

「あなたが死んじゃって、あたしが、まったく知らん顔して生きていけると思うの？　いっしょに死んだほうがいいわ」

十九歳の小娘の言うこととは思えなかった。いや、十九歳だからこそ言えるのかもしれないと、氷室は思い直した。若いので、現実感がないのかもしれない。感情が暴走しているのではないかと、氷室は考えたのだ。

「落ち着いて考えるんだ。俺は、殺されるつもりはない。万が一のことを言っている」

「だったら、あたしのことも守ってよ。どうして、そうやってひとりで生きようとするの？」

氷室は、はっと思った。

麻美が腹を立てている理由が、ようやくわかったような気がした。

麻美は、いっしょに暮らしながらも、孤独感を覚えていたのかもしれない。それは、氷室の覚悟が足りなかったからだ。

麻美といっしょに生きるという覚悟だ。ふたりいっしょにいても、氷室は、どこかで一線を引いていたのかもしれない。麻美は、それを不満に思っていた。

そのことが今、表面化したのだ。

氷室は、ひどく自分が情けない人間に思えた。麻美は、犬猫ではない。娘でもない。今、どうすべきなのか、わかりはじめた気がした。

「わかった」

氷室は言った。「俺といっしょにいろ。できるかぎり俺が守ってやる。だが、その代わり、俺の言うことに従うんだ」

「最初から、そう言えばいいのよ」

麻美はまだ口を尖《とが》らせている。

「自信はないが、なんとかやってみるよ」

「それで、三人を殺した相手は、その兄に間違いないの？」

「わからない。今のところ、それしか考えられないということだ。そして、多分、直接手を下したのは呉俊炎ではない」

「ゴシュンエン……?」

「その兄の名だ。呉俊炎は、今では、香港財界の大物だと、昨日死んだやつが言っていた。おそらく、誰かにやらせたのだろう」

「誰か……?」

「日本には、たくさんの中国系の人が住んでいる。皆が皆、まっとうな人間なわけじゃない。マフィアもいる。流氓と呼ばれる不良集団もいる」

「そういう人たちを利用したというの?」

「それも考えられるということだ。あるいは、地元から殺し屋を連れてきているのかもしれない……」

氷室は、立ち上がり、壁にぶら下がっていた洋服から名刺入れを取り出した。その中にまだ、土門の名刺が入っているはずだった。名刺を取り出すと、電話を掛けた。ダイヤルインの直通番号だった。

麻美は、氷室の目的を悟って、黙って様子を見ている。

相手が出ると、氷室は言った。

「土門さんをお願いしたいのですが」

「土門は私ですが……?」

「氷室です」

「ああ……。どうしました」

「呉兄弟のリンチに関わった四人のうち、昨日までに三人が相次いで死にました」

「ほう……」

「ひょっとして、あなたはそのことをご存じなのではないかと思いまして……」

「呉兄弟のことなど、覚えていないとおっしゃいませんでしたか……？」

「思い出さざるをえないことになったのですよ」

「詳しく話していただけますか？」

「その代わり、警察を動かすなり何なりして、俺と俺の婚約者の安全を確保してください」

しばらく沈黙があった。

氷室は、その沈黙の意味を推し量った。取り引きを申し出るには、相手のことを知らなさ過ぎた……。ふと、氷室は、後悔を感じた。だが、今は、これしかないのだ。

氷室はそう考えていた。

やがて、土門は言った。

「わかりました。できるだけのことをするとお約束しましょう。さっそくお話をうかがいたい。早いほうがいいでしょう。今から出てこられますか？」

「外を出歩くのは遠慮したい。かつての同僚は、皆、事故に見せかけて殺されている」

「わかりました。こちらから出向きましょう。住所をお教えください」

氷室は、一瞬戸惑った。

土門は、どの程度信用できるだろう。入管の職員だというのは、本当だろうか？

名刺などどこでも作れるし、かけた電話には本人が出た。

まだ、正体を確認できていないのだ。

迷ったが、結局、住所を教えることにした。すでに『ハイランド』で働いていることは知られている。いまさら住所を隠してもしかたがない。

氷室が住所を言うと、土門は言った。

「中野坂上ですね……。三十分ほどで行きます」

電話が切れた。

氷室は言った。

「相手はここにくると言った。土門という男だ」

「かつての上司か何か……？」

「いや、入管にいるころは聞いたこともない男だ。彼は、法務省にいるらしい。俺は、北区西が丘の第二庁舎で働いていた。この間、突然『ハイランド』に訪ねてきたんだ。呉兄弟のことを調査しているようなことを言っていた」

「信用できるの？」

「わからない。用心する必要はあるだろうな……。一種の賭《かけ》だな……。土門が入管の人間だというのは嘘で、呉俊炎に雇われているという可能性もないことはない」

「運次第ね」

「運と頭の勝負さ」

「あたしはここにいていいのね？　いっしょに話を聞いていて……」

「いっしょにいると言ったのは、おまえだろう？」

ふいに、麻美は、にやっと笑った。

「何だ？」

「俺と、俺の婚約者？」

婚約者というところを強調した。

「そう。おまえのことだ。それ以外に言い方がなかった」

「婚約者ね……。悪くない響きだわ」

「おまえ、事の重大さがわかってるんだろうな?」

「なるようになるわよ。そして、なるようにしかならない」

「名言かもしれんな……」

7

土門武男は、きっかり三十分でやってきた。時間どおりにくるために、このマンションのそばまできて時間をつぶしたのではないかと、氷室が疑うほど正確だった。

部屋のなかには、ところかまわず麻美の服が下がっていた。その半分は、クリーニングのビニール袋をかぶっている。

氷室は、別にそれを片づけようとは思わなかった。土門に生活を取り繕ってみせても仕方がない。

麻美は、たいてい出勤時間までベッドから起き出した恰好《かっこう》のままだった。Tシャツしか着ていない。来客には刺激が強すぎるので、土門がくるまでに彼女はジーパンをはいていた。

「あなたの言われたことは、もちろん、すでに知っていました」

土門は、言った。「橋本守、村上裕助、沢渡昇一。この三人が相次いで死亡したことは確認しています」

氷室は、またしても嫌な気分になった。

「あんたは、やはり、呉兄弟の一件について、あらかじめいろいろなことを知っていた。だが、俺に会ったときは、自分からは何も言わなかった」

「調査の基本です。こちらからは、何も言わず、相手の言ったことと、知っている事実を照らし合わせる……」

「呉兄弟をリンチにあわせたのは、今あんたが言った三人に俺を加えた四人だ」

「そのときのことを詳しく教えていただけませんか」

「隠してもしかたがないな。どうせ調べはついているのだろうからな……。そもそものはじまりは、弟の呉良沢が、待遇改善を求めて食事を拒否したことだ。反抗的な外国人は、係員に目の敵《かたき》にされる。兄の呉俊炎も、係員に嫌われるタイプだった。プライドが高かったんだ。なんでも、北京の大学を出ているということだった。ふたりの出身は、地方の農村だということだから、そこそこのエリートだったのだろうな。いつしか、ふたりを締めようという話になった。俺たちは、ふたりをスペシャルルームに連れていった」

「スペシャルルーム？」

「隔離室だ。独房みたいなものだ。そこで、まず、弟を痛めつけることにした。兄を俺と沢渡のふたりで押さえつけ、橋本と村上が呉良沢に暴行を加えた。呉良沢は、ハンストをやっていたせいで、体力が極端に弱っていた。ショックに耐えられなかったんだ。暴行を受けているうちに急性心不全を起こし、死んだ。そのとき、兄の呉俊炎は、言った。おまえたちも、きっと同じ目にあわせてやる、と……」

「リンチを言いだしたのは誰ですか？」

「その点については、本当に覚えていないな。なんせ、そういう会話は、入管警備の現場では、日常だからな……」

「だが、少なくとも、あなたじゃなかった……」

「どうかな……。俺だったかもしれない」

「そうではないと、私は思いますね」

「どうしてだ？」

「あなたは、その事件がきっかけで、入管を辞められている。嫌気がさすくらいの良識を持ち合わせていたということです」

「良識は皆持っているさ。だが、麻痺《まひ》してしまうんだ。沢渡は、殺される前に俺に会いにきている。そのときに、言った。入管は、差別することを強いられているのだ、と。日本人のアジア系外国人に対する差別意識の代弁をさせられていると、彼は言った」

「ある意味で当たっているかもしれませんね……。あなたが言ったことで、ひとつ訂正をしておきます。沢渡昇一は、殺されたと判明しているわけではありません。今のところ、警察でも事故と発表しているのです」

「俺は、殺されたと考えている。同じ事件に関わった四人のうち、三人が死んでいる。偶然の事故だと考えるほど能天気じゃない」

「あなたが、リンチを言い出したわけではないと、私が考える理由は、もうひとつあります。劉伯忠氏の息子夫婦の件です」

「言っただろう。劉伯忠の息子さん、つまり、劉一尊《いっそん》さんは、誤って逮捕されて不当な扱いを受けた。俺は、その点について申し訳ないと感じただけだ」

「それが、入管という役所にあっては、珍しいことと言わねばならないでしょうね。役所では、自分の誤りに対して謝罪してはいけないのです。個人が謝罪すると役所が謝罪したことになり、それは、役所の落度を認めたことになる。さらには、国の落度を認めたことになるのです」

「くだらないな……」

「私もそう思います」

土門はあっさりとそう言ってのけた。

氷室は、意外な気分で土門を見た。土門は、エリートに見える。今は、法務省の一官吏に過ぎないが、そのうち、立派な官僚となるタイプに見える。

そういう人間が、国の役所の面子《メンツ》がくだらないという氷室の意見に同意するとは思わなかったのだ。

本気で言ったのではないかもしれない。あるいは、土門という男は、見かけ倒しで、この先、出世など見込めない何かの理由があるのかもしれない。氷室は、そんなことを考えていた。

土門は、言った。

「……とにかく、あなたは、劉一尊氏夫婦に対して誠意を持って接した……。その結果、かえって、劉一尊氏に好意を持たれることになった……」

「中国人というのは、そういうものなんだ。個人的な恩を絶対に忘れない」

「そういう言い方も、差別を感じさせない。中国人を理解しようとする態度の表れだと感じますね。あなたは、台湾に劉一尊氏を訪ねていき、結局、そこで二年間過ごすことになる。劉一尊氏の父、劉伯忠氏の存在が大きかったようですね」

「奥深い中国の文化を体現している人のように感じられた。俺たち日本人にとっては、驚くべきことも、彼らにとっては日常だった。彼らの生活には陰陽と五行の理論が根づいている。食文化もそうだ。医術もそうだ。武術もそうだ」

「そして、風水も……」

「そう。風水は、ある意味で、知恵の集大成だ」

「風水は大地と自然という世界を扱う。食文化、医術、武術というのは、人体というミクロコスモスを扱う。どちらも同じ宇宙観に根ざしている。そうですね？」

「そうだ。まったく同じ論理で説明される。古代の中国にあっては、政治すら同じ理屈で説明されたんだ。つまり、陰と陽というふたつの現象。そして、木火土金水という五つの性質……。こんな話はどうでもいい。こういう話をするためにあんたに会っているわけではない」

「そうでした……。とにかく、リンチを言い出したのは、あなたではない……」

「たしかに俺ではない。俺は、リンチなど嫌だった。だが、それは問題ではない。彼らを止めなかったということで、俺も同罪だ。事実、俺は、兄の呉俊炎を押さえつけていたのだからな……」

「なるほど……」

「呉俊炎が、日本にきていると沢渡が言っていた」

「きています」

「香港財界の大物になっているそうだな」

「そう。ＶＩＰですよ」

「呉俊炎が日本にやってきて、かつて彼をリンチし、目の前で弟を殺した四人のうち、三人が死んだ。呉俊炎が復讐《ふくしゅう》をしたのだとしか考えられない」

「そうかもしれませんね……」

「そして、当然、俺も狙われている」

「考えられることです」

「命を狙われるのも当然だという気はする。それだけのことを過去にやったのだ。罪の償いをしろというのなら、してもいい。一時期の俺なら、殺されても仕方がないと思っただろう」

「呉俊炎が復讐を実行しているという証拠があれば、警察も動きようがあるでしょう。だが、おそらく、彼は、証拠を何ひとつ残していない」

「三人殺されているんだ」

「事故死ですよ」

「事実の因果関係を説明すれば、警察だって何が起きているか気づくだろう」

「警察は手を出さないでしょうね」

「なぜだ?」

「呉俊炎は、今や、中国政府のスポンサーのひとりです」

「中国政府のスポンサー……?」

「そう。今、中国が国を挙げて取り組んでいるのは経済発展です。アモイ、海南島《かいなんとう》、上海などの経済特区を設け、生産性を高め、経済成長に躍起になっているのです。一九九七年に香港は中国に返還される。そうすると、香港も経済特区のひとつとなるでしょう。とにかく、いまや、中国の第一の課題は、経済なのです。すでにイデオロギーでも軍事力でもありません。呉俊炎は、香港で大成功しました。返還後、中国にとって、呉俊炎のような私企業家が重要になってくるのです。日中の関係も経済が中心に語られるようになっています。それほど遠くない将来、中国は経済力で、日本と肩を並べるくらいになるでしょう。労働力、資源、マーケット。この三つが中国にはそろっている。あとは、資本ですが、その資本も、現在順調に育ちつつあるのです」

「そうした資本を担っているひとりが、呉俊炎というわけか?」

「そう。呉のような資本家は、多大な外貨を中国にもたらしてくれる。一般庶民の暮らしはまだまだですが、中国は、確実に資本力を蓄えつつあるのです。事実、この世界的な不況のなかで、中国だけは、経済成長率二桁を維持し続けている。現在、呉俊炎は、日本との合弁会社の商談で来日しています。呉俊炎は、中国のマーケットは、日本にしてみれば、今後、必要不可欠なものなのです。中国にとってだけでなく、日本の政財界にとってもＶＩＰなのです」

「大物はなんでもできる。俺は、黙って殺されるしかないというわけか？」

「そうは言っていません。ＶＩＰの扱いは微妙だと言っているのです。表からは、なかなか手が出せないということを言いたいのですよ」

「ひとりなら、殺されてもいいという気にもなる。呉俊炎の気持ちもわからないではないからな……。だが、今の俺は、死ぬわけにはいかない」

土門は、麻美を見た。それから、氷室に眼を戻して言った。

「もちろんです。個人的な復讐が容認されていいはずがありません。そのために、私は、当時の事件を明るみに出し、公的に謝罪をしてしまってはどうかと考えていたのです」

氷室は、じっと土門を見た。

「陰で妙な動きをされるより、問題を表沙汰にして、呉俊炎の動きを封じようというわけか？」

「そう。入管の不祥事ではありますが、明るみに出すことで、すべて公式なやりとりにしてしまえる。そう考えたのですが……」

「それで、調査をしていたというのか？」

「ええ。そのつもりでしたが……。どうやら、法務省という役所には、そうは考えない人間が多いらしい……」

「どういうことだ？」

「不祥事を暴いて社会的な問題になるよりも、入管の下級職員が何人か死んだほうが影響が少ない。そういう判断なのでしょうね。政治的判断というやつです」

「トカゲの尻尾《しっぽ》切り……。口封じにもなる。法務省がそういう判断をしたとなると、警察などの司法機関もある程度は見て見ぬふりをすることになる……」

「そういうことになりますか……。役所にとって幸いなことに、すでに三人死んでおり、その三人は、一応事故死ということになっている」

氷室は、怒りというより、無力感を感じた。政治というのは、常にそういうものだ。個人よりも国や組織を重視する。国あっての国民という考え方なのだ。

役所に勤めていた氷室は、いやというほどその体質を知っていた。役所の事なかれ主義というのは、見殺し主義でもあるのだ。一定の犠牲を計算に入れたうえで、体制を保っていく。

「俺は、自分で自分を守るしかないというわけか？」

「基本的にはそうです」

「話すだけ無駄だったな……」

「しかし、私は、私なりになんとか、あなたを助けようと思う」

氷室は、その言葉が、単なる気休めでしかないと思った。

「夜逃げの手伝いでもしてくれるのか？」

「私とあなたが、話し合えば、もっと有効なことが考えられると思うのですが……」

「どういうことかわからないな……」

「私も、法務省に勤める身ですから、無条件にあなたを助けるわけには、いかない」

「条件があるというのか？」

「そうです」

「何だ、その条件というのは？」

「いっしょに呉俊炎の陰謀を阻止していただきたい」

「陰謀……？　復讐のことを言ってるのか？」

「単なる殺人のことではありません。呉俊炎は、もっと大がかりな計画を進めようとしていますね」

「何だそれは……」

「実質的な日本の支配……」

氷室は、小さくかぶりを振った。

「絵空事だ。放っておけばいい」

「実現不可能だと言われるのですね？」

「誰だってそう思う。誰も本気にゃしないさ」

「そこが問題なのです」

「どう問題なのだ？」

「呉俊炎という男が、日本を支配しようとしている……。突然、そういう話をされると、誰もが失笑する。どこの役所の人間も、政府の人間もそれを本気にしたりはしない。法務省の入管でそういう話をすると、万が一にもそんなことはありえない。そんなばかなことを考える外国人はいない。第一、外国人に好き勝手をさせないために入管があるのだ――そういう話になってしまいます。現実味がないのですね……」

「当然だ」

「どうしてでしょうね？　例えば、近隣のどこかの国が、本気で軍事力を行使すれば、日本はひとたまりもない」

「そういうことが起きないように、国際政治がある」

「それも幻想ですね……。拠《よ》り所は、アメリカの軍事力でしかない。アメリカが有事の際に撤退しないとは限らないのです。特に、最近では、アメリカの眼は日本より中国や韓国に向いていますからね……」

「呉俊炎が軍事力を動かせるほどのＶＩＰだというのか？」

「そうじゃありません。例えば、の話をしただけです。何が起きても不思議はないということを理解していただきたかったのです。特に、二十世紀末から二十一世紀にかけての時期にはね……。呉俊炎の力は言うまでもなく経済力です。彼は、経済の力で日本を乗っ取ろうと考えているのです」

「それも絵空事だ。たかだかひとりの実業家に国家が乗っ取れるはずがない」

「国を乗っ取るというのは、どういうことだとお考えですか……？」

「それは……」

「まず、戦争……」

突然、麻美が言った。「そして、革命……」

土門は、麻美を見た。そして、うなずいた。麻美を軽く見ている態度ではなかった。

明らかに、意見を聞くに値する人物として麻美を見ていた。その姿を見て、氷室は不思議な印象を感じた。

どんな男でも、麻美と難しい話をしようとはしない。『ハイランド』の常連もそうだった。男は、女を見かけだけで判断する。そして、その判断に甘える女も多い。

土門はそうではなかった。見かけや立場より、その人物の発言を重視しているような感じだった。氷室は、そんな男を初めて見た気がした。

土門が麻美と氷室を交互に見ながら言った。

「十九世紀から二十世紀半ば――一九七〇年代までは、そのこたえがほぼ百パーセント正解でしたね……。だが、冷戦が終わり、その後の世界では、経済が大きな要因となっていきます。経済大国は、経済力によって他国を侵略していった。十五世紀の大航海時代から十七世紀の植民地時代にかけて、ヨーロッパ各国が、アジア、アフリカ、南アメリカを支配していったのと、まったく同じことを、経済大国は、資本の進出という形で実現していったのです」

「あんたから、歴史の講義を聞こうとは思わない」

「いいじゃない。おもしろいわ」

「失礼。余計なことをしゃべり過ぎました。日本は、現在、経済の空洞化が問題視されています。金が、国内を素通りしてしまうのです。バブル崩壊後の不況は、構造的なものだと言われています。つまり、今のままでは、経済の競争力は落ちていくばかりなのです。円が国際的に力を持つのは、日本にとって悪いことではないはずです。しかし、輸出にたよっている日本は、円高になればなるほど不況になるというおかしな欠陥を持っています」

「やはり、しゃべり過ぎだ」

「いいから、黙って」

「そこに付け込む隙があるというわけです。バブルの頃までは、日本は、我が世の春を謳歌《おうか》していましたから、まさか、他国が日本の経済に付け込むなどということは考えなかったでしょう。だが、状況はダイナミックに変化しつつあります。日本の競争力は、マイナスの道をたどっている。そして、中国は、プラスの道をたどっているのです。政治に話を戻しましょう。革命や侵略がなくても、国は奪えます。政治形態が変わらなくても、その政府が傀儡《かいらい》なら乗っ取られたと同じことなのです」

「カイライってなあに……？」

「あやつり人形ということです」

「呉俊炎が、日本の政府を傀儡にすることをもくろんでいるというのか？」

「傀儡までいかなくても、かなりの影響力を持てば事情は同じです」

「やはり、不可能だよ……」

「そうですかね？　私は、もはやそうは考えていないのです」

土門の表情は、真剣だった。

8

「呉俊炎は、まず、日中の合弁会社を作り、日本の経済界への足掛かりにします」

土門は説明を続けた。「株の操作などで、いずれ、呉俊炎は、その会社の実権をすべて掌握するでしょう」

「まっとうな経済活動だ」

氷室は言った。「誰でもやることだ」

「一方で、呉俊炎は、別の足掛かりを準備しています。いわば、東京の橋頭堡《きょうとうほ》です。新宿の歌舞伎町を手に入れようと考えているようなのです」

「歌舞伎町を……。どうやって」

「まず、力ずくで、中国人の勢力を広げていき、やがて、歌舞伎町をチャイナ・タウンにしようと考えているようです」

「それは、不可能だな……。歌舞伎町を巡る利権争いは、複雑でなおかつ激しい。暴力団だけでも、いくつもなわばりを争っているんだ。中国人マフィアが話題になったことがあったが、警察の環境浄化作戦以来、鳴りをひそめている」

「浄化作戦直後は、たしかに歌舞伎町から外国人の姿が消えました。しかし、このところ、作戦前と変わらない状況になってきています」

「だからといって、中国人マフィアや台湾マフィアが得られる利権は、些細《ささい》なものでしかない。日本の暴力団だって必死なんだ。中国系に好き勝手させるはずがない」

「だが、事実、歌舞伎町に縄張りを持つ暴力団がひとつ事実上の解散に追い込まれました」

氷室は、『ハイランド』の常連たちの話を思い出していた。

「古井田一家のことか……」

「そうです。彼らは、呉俊炎の手の者に潰されたようなものです」

「流氓《リュウマン》と銃撃戦をやり、警察に摘発されたのだと聞いたが……」

「呉俊炎が、そういうふうに仕向けたのでしょう。頭の切れる男だそうですからね。暴力団の弱味を逆手に取ったのですよ」

「つまり、暴力団は、いい意味でも悪い意味でも日本の社会のなかに組み込まれている存在です。最近では、警察は、対立姿勢を強めていますが、無茶なことをしない限り、ある程度の活動を容認するようなところがまだ残っている。つまり、暴力団は、限度をわきまえることで、存続してきたのです。一方、中国マフィアなどは、もともと存在を全否定されているようなものです。なりふりかまってはいられない。そうとうな無茶もやります。逆に言うと、暴力団ほど社会に縛られていない」

「つまり、その束縛が暴力団の弱味だと……?」

「そういうことになりますね。暴力団の情報は、だいたい警察に筒抜けですから、無茶をやると、すぐに摘発を食らう。一方、中国マフィアなどの外国の犯罪組織の実態は、なかなかつかめない。彼らは、徹底して地下に潜りますからね……」

「古井田一家のような例が今後も起こりうるということか……」

「ありえないことではありませんね……」

「たしかに、このところ、中国系の犯罪組織の動きが活発だと聞いていたが……」

「歌舞伎町は、けっこうキナ臭くなっている。違いますか?」

「しかし……」

　氷室は、どうしても本気で考える気になれなかった。「少々、縄張りを増やしたからどうなるというものでもない。いくら、中国系のマフィアや流氓が頑張ったからって、歌舞伎町を牛耳れるとは思えない。さっきも言ったが、歌舞伎町は、利権の宝庫だ。暴力団だけでなく、日本の企業家だって黙ってはいない。それこそ、都や国を動かしてでも歌舞伎町を守ろうとするだろう。まあ、歌舞伎町がスラムにでもならないかぎり、チャイナ・タウンになる可能性はないな……」

「あ……」

　麻美が、声を上げた。

　氷室と土門は、同時に麻美を見た。

　麻美は、氷室を見つめている。氷室は、麻美の顔を見て、はっと気づいた。

　土門は、そのふたりの様子を見て、尋ねた。

「どうしたのです？」

　麻美がこたえた。

「鉄の杭《くい》……」

「何です、それは……」

「中国人が、歌舞伎町のあちらこちらに鉄の杭を打ち込んでいるという噂《うわさ》があったの。

それで、あたしたち、調べにいったのよ。歌舞伎町を囲むような形で、たしかに打ち込まれていた……」

「どういうことなんです？」

氷室は困惑したような表情で説明した。

「風水的なものだと思う。繁栄のエネルギーを遮断するような、いわばアースのようなものだ……。しかし……」

氷室は、土門が失笑するものと思っていた。少なくとも、真面目《まじめ》に耳を貸すとは思えなかった。役人というのは、現実主義の固まりだ。風水は、一般には、占いやオカルトの類《たぐい》と考えられている。

しかし、土門は、笑い飛ばしたりはしなかった。

「風水ね……」

土門は、考え込むようにして言った。「呉俊炎は、きわめて短期間に成功をおさめた。香港の財界のなかでも例を見ない大成功です。彼は、運送、流通、観光とあらゆる分野で事業を展開しましたが、そのすべてを成功させたのです」

「日本で稼いだ金を元手にしたのだろうな。弟とふたりで稼いだ金を……。たしかに、日本を強制退去させられてから事業を起こしたとしたら、聞いたことのないくらいの大出世だ。運が強いのだろうな」

「その運の強さには秘密があるという噂を聞いたことがあります」

「秘密……？」

「風水ですよ」

　氷室と麻美は顔を見合わせていた。

　土門の顔に視線を戻すと氷室は言った。

「香港や台湾では、風水師が弁護士や経営コンサルタントのような待遇を受けている。一流企業も、風水師に社屋を観てもらうんだ。龍の道を邪魔しないように、ビルの一部に大きな空間を作ったり、床が奇妙にでこぼこだったりという例が、香港にはたくさんある。だが、たいていは、それは、ごく一般的な習慣に過ぎない」

「しかし、呉俊炎は、そうは考えなかったようですね。彼は、風水を全面的に信じ、風水の教えに従ったのでしょう」

「あんた、そんな話を信じるのかい？」

「いろいろな事例を調べてみましたよ。香港一の財閥と言われる実業家は、風水により先祖の墓を建て、それ以来、とんとん拍子に成功していったと言われています。また、シンガポールのスコッツロードには、玄関が斜めになったホテルがあります。このホテルは、一時、存続が危ぶまれるほどの経営危機に陥り、香港から風水師を招いて観てもらったそうです。風水師は、玄関の向きを変えるように言ったそうです。言われるとおりにした直後、経営が持ち直し、その後、順調に稼いでいるのです」

「そういう成功した人や企業というのは、あらゆる努力をしているんだ。たまたま、風水師に観てもらった直後に、いろいろな努力が実を結びはじめたということかもしれない。おそらく、同じ風水師に観てもらっても、成功しなかった人がいるはずだ」

「身も蓋もない言い方をしますね……。あなたも、風水を学ばれたのでしょう？」

「風水を、御利益万能の宗教みたいに思われたくないんだ。ある、盛り場があるとする。昔からなぜか繁栄しているような土地だ。その土地がなぜ栄えるのか。それを風水で説明することはできる。俺は、風水を、そう捉えている」

「医術で言う見立てですね。だが、見立てができるからには、治療することもできるはずです」

「まあ、理屈から言えばそうだがね……」

「私は、無条件に物事を信じるわけではありません。と同時に、無条件に否定するわけでもない。風水に関しては、否定するだけの材料を持ち合わせていない。だから、あなたにお話をうかがいたいのです」

「鉄の杭だがな……」

　氷室は、慎重に言った。「実のところ、どの程度の影響力があるか、俺にはわからない」

「だが、意図しているところは明らかだ。そうですね？」

「さっき言ったことで、ほぼ間違いはないと思う。あんたの言う呉俊炎の計画にも合致している」

「今の段階では、それで充分ですよ」

「日中の合弁会社を作り、その実権を手に入れる。歌舞伎町をチャイナ・タウンにする。そこまではわかった。だが、それで、日本を乗っ取れるのか……？」

「これまでだったら無理だったでしょうね。しかし、これからは、違う。中国という国の経済力がものを言いはじめる。呉俊炎は、そう考えているようです。その考えは無視できません。中国人は、世界中に独自のネットワークを持っています。さらに、現在は、中国と台湾は、反目し合っていますが、近い将来どうなるかわからない。少なくとも、経済の世界では、すでに手を結んでいるのです。中国は、略字政策を進めてきましたが、上海などに行くと、最近、旧字がまた見られるようになりました。ビジネスの世界で台湾や香港との関わりが増えたからだと言われています。つまり、呉俊炎が築いたチャイナ・タウンは、そういう中国の力の相対的な増大に比例して力を発揮していくのです。やがて、横浜や、神戸の中華街の様相も変わっていくかもしれません。歌舞伎町チャイナ・タウンと連動して発展していくのです」

「囲碁の布石のようなものか……」

「東京でも有数の繁華街がチャイナ・タウンになったら、日本人の心情的なダメージも少なくありません」

「歌舞伎町と、表の経済力を足掛かりに、どんどん勢力を拡大していくというんだな……」

「そして、いずれ、日本の主だった商業ビジネスは、中国系の企業に牛耳られているという事態がくるかもしれません。東南アジアでは、珍しいことではないのですから……。これまで、日本は、押しも押されもせぬ経済大国でした。しかし、今後、その地位を維持できるかどうかは疑問です。そのとき、経済的に中国の属国となる可能性もある。呉俊炎は、そのさきがけのつもりでいるのかもしれません」

「しかし、なぜ、歌舞伎町なのだろう……?」

「呉兄弟は、歌舞伎町で働いていたのです。弟への弔いの気持ちもあるのでしょう」

「俺は、本気で歌舞伎町を逃げ出すことを考えなければならないようだな……」

「私は、それを望んではいません」

「何を望んでいるというんだ？」

「私は、呉俊炎の計画を阻止するつもりです。あなたには、それを手伝っていただきたい」

「それが、さっき言った、あんたの条件というわけか？」

「そういうことです」

「小さなバーのバーテンに何ができると考えているんだ？」

「呉俊炎は、あなたを狙っているでしょう。それを逆手に取れるかもしれません」

「俺を囮《おとり》に使うというのか？」

「単なる囮ではなく、できれば、あなたにいろいろな調査をしていただきたい」

「そして、できれば、大暴れして、呉俊炎一味を歌舞伎町から追い出せ、か……？」

氷室は、嘲笑するような調子で言った。

「そうしていただければ、言うことはありませんね……」

氷室は、笑いを消し去った。

「本気で言ってるのか？」

「本気ですよ」

「そんなことができるはずがない」

「黙っていても、呉俊炎の手の者はやってくる。すでに三人殺されている。それをお忘れなく……」

「俺ひとりじゃ何もできないよ」

「すでに、あなたは、呉俊炎の計画のひとつを暴きました。鉄の杭です。その程度のことの積み重ねでいいのですよ。調査が進めば、私は、しかるべき手が打てます」

「しかるべき手というのは、どういうことなんだ？　具体的に聞きたいな……」

「例えば、私は、鉄の杭の撤去を都なり区なりに要請することができます。まあ、そういった、その場その場の判断になりますが……」

「その間に、俺が殺されたらどうする？　相手は、チャイニーズ・マフィアなのだろう？　武装しているなりふりかまわぬ連中だ。俺などひとたまりもない。それに、俺には仕事がある。食わなきゃならんし、『ハイランド』が気に入っている」

「報酬は払いますよ」

「一時的に報酬をもらったってしようがない。決まった職がなけりゃ、暮らしていけないんだ。俺は、『ハイランド』を辞める気はない」

「問題ないと思いますよ。どうせ、敵のほうから接触してくるでしょうからね……」

「くそっ」

氷室は、うなった。「最初から、俺を囮に使う気だったんだ。俺を『ハイランド』に訪ねてきたときから、そのつもりだったんだな……」

「まあ、そういうことになりましょうか……」

「無理だ。俺は、危険を冒してあんたのために働く気などない」

「協力してくれれば、私のほうも、あなたを守ってあげられるかもしれない」

「最初から虫が好かないやつだと思っていたんだ」

氷室は、言った。「もしかしたら、あんたは、法務省の役人なんかじゃなく、呉俊炎の回し者じゃないかとも考えた。だが、よくわかったよ。あんたは、間違いなく役人だ。人を利用することしか考えていない。人を将棋の駒としか思っていないんだ」

「あなたはすでに狙われているのです。私を味方につけておいたほうがいい」

「あまりメリットを感じないな。話を聞いたところ、あんたは、役所の方針に反して動こうとしている。違うか？」

「そう。しかし、そのほうが、将来的にわが国のためになると、私は信じているのですよ」

「国のためになるかどうかなど、俺には関係ない」

「法務省の方針には反しているかもしれませんが、私にもそれなりの権限がある。あなたにも、一時的にある程度の権限を与えてあげられると思います」

「どんな権限だ？」

「司法警察官に準ずる権限ですね。拳銃の所持携帯を認めるといったような……」

「銃の携帯を認めてもらってもどうしようもない。俺は、銃など撃ったことがない」

「レクチャーの用意はありますよ」

「けっこうだ。付け焼き刃など通用するとは思えない。話は終わりだ。帰ってくれ」

「この話し合いを時間の無駄にはしたくありません」

「俺は、これ以上、時間を無駄にするのは嫌だ」

土門は、ため息をついてから立ち上がった。

「しかたがありませんね……。今日のところは、これで失礼します。その気になったら、いつでも電話をください。名刺の電話番号で、二十四時間、私に連絡を取れるようにしておきます」

土門は部屋を出ていった。

しばらく、氷室も麻美も何も言わなかった。

先に話しかけたのは麻美のほうだった。

「さて、孤立無援になったわけね……」

「そういうことだな……」

「とりあえず、警察に話してみたら？」

「無駄だろう。土門の話を聞いたろう？」

「上のほうの考えは考えよ。現場の警官がどうするかわからないわ」

「例の三人のことをしゃべったとたん、話は上の人間にまで通じてしまうさ」

「あの、土門という男を味方につけておけばよかったかもね……」

「あいつは信用できない」

「そうかしら？」

氷室は、思わず麻美を見た。不思議なことに、嫉妬のようなものを感じた。なぜ、そんな気持ちになったのか氷室にはわからなかった。

「そうかしらって、どういう意味だ？」

「土門さんの言っていることは、嘘とは思えなかったわ」

「口がうまいだけだ。呉俊炎が日本経済の乗っ取りをもくろんでいるだって……？　どう考えても現実味はない。俺を巻き込みたかっただけだ」

「誰もが非現実的だと考えるような話を、あの人は、真面目に考える人なのよ。何というか、すべてのことを切り捨てないというか……」

「俺を切り捨てようとしている」

「きっと、そうじゃないわ」

「どういうことだ？」

「あの人は、一見、冷淡そうだけど、いざとなったら、必死でカズくんやあたしのことを守ってくれるわ。そういう人よ」

「どうして、そんなことがわかるんだ」

氷室は、ますます訳のわからない嫉妬をつのらせた。

「あたしは、毎日、何人もの男の話し相手をするの。客を見る眼は確かなのよ」

「だが、俺に何ができる？　物騒な連中と大立ち回りを演じろというのか？」

「あの人、そうは言わなかったわ。調査をしろと言っただけよ。あなたが勝手にそう言い出したのよ」

「同じことだと思うがね……。面倒事に巻き込まれるに決まってる」

「もう、巻き込まれているのよ」

氷室は、大きく息を吸って吐き出した。

「そうだったな……。だが、あいつが考えているようなことは、俺にはできない。自信がない」

「そうね……。あなたが決めたことだから、もう何も言わないわ」

「おまえは、俺が守る。約束するよ」

「わかってるわ」

9

昼下がりから夕刻にさしかかる歌舞伎町の様子はいつもと変わらない。若い男女が行き交い、賑《にぎ》わっている。

日が暮れるころから、サラリーマンやＯＬの姿が増えはじめ、客引きや、得体の知れない連中が街角に姿を見せはじめる。

飲食店や風俗営業の看板に灯がともり、酔いと興奮がこの狭い一帯を覆いはじめる。

氷室は、麻美より先に部屋を出た。麻美の出勤時間は、午後八時だ。氷室は、店を開ける準備をするために、六時には、『ハイランド』に着いていなければならない。

いつもと変わらぬ街並みが、ひどく物騒に感じられた。

街角に佇《たたず》むアジア系の人間にどうしても注意がいく。神経質になっていた。

命を狙われていることがわかっているのだから当然なのだが、びくびくしている自分が情けなかった。実のところ、誰かが自分を殺そうとしているというのが、どの程度のことなのか測りかねていた。

こうして、いつもと変わらずに店に出るというのは無謀なことなのではないか。

彼は、そう考えた。狙われていると知ったからには、すぐに、どこか遠くに逃げ出すべきなのではないかとも思った。

しかし、その決断ができなかった。

こんなものなのだな、と氷室は考えていた。

人は、なかなか日常から抜け出すことはできない。異常な事態への対処のしかたが、具体的にわからない場合、いつもと変わらぬ行動をとってしまう。

出勤するという習慣を変えようとはしない。

『ハイランド』にいても、落ち着かなかった。入ってくる客につい、過剰な反応をしてしまう。

いつもなら気にならないほど些細なことが気になった。

客が中国系マフィアや流氓についいて何か話すと耳をそばだてた。ドアが開くたびに、どきりとする。

それでいて、氷室は、自分がいつもと変わらずに働いているつもりでいた。当然、いつもより無口になるし、行動も落ち着かなくなる。

マスターのゲンさんが気づかぬはずはなかった。

早い時間で、客が途絶えたのを機に、ゲンさんは、氷室に言った。

「何がどうなってるんだ？」

「え……？」

「面倒なことに巻き込まれてるんだろう」

「いえ、別に……」

「昔の仕事の絡みなんだな……。何があったんだ？」

「たいしたことじゃないんです……」

「たいしたことじゃない？　そうは見えないな。喧嘩《けんか》に負けた犬みたいだ」

氷室は、ゲンさんを見た。そのとき、初めて、氷室は、他人から見ても自分の様子がおかしいのだということに気づいた。

「まあ、しゃべりたくないのなら、それでいい。店に迷惑さえ掛からなけりゃな……」

ゲンさんは、氷室から眼をそらし、布巾でカウンターを拭きはじめた。

氷室は、なぜだか自分が悪いことをしているような気分になってきた。店の中で態度がおかしいというだけで、充分に迷惑を掛けていることになるのかもしれない。

「入管時代に……」

氷室は言った。ゲンさんは、ゆっくりと氷室のほうを向いた。「中国人の兄弟をリンチしたことがありました。その弟が死んだのです」

「リンチ……？」

「そう。入管では、珍しいことではないんです」

「いつかきた、あの酒を飲まない妙な客が言っていたのは、そのことだったんだな？」

「そうです。あの男は、土門といって、法務省入国管理局の役人です」

「昔の話なんだろう？　なんで、今ごろ、そんな話を……」

「最近、そのリンチに関わった係員が相次いで死んだのです。係員は、俺を容《い》れて四人でした。そのうち、三人が死んだ。三人目は、この店にきた日に、電車の事故で死にました……」

ゲンさんは、表情を変えずに、じっと氷室を見つめていた。やがて、ゲンさんは言った。

「それは、おまえさんも危ないってことかい？」

「そういうことになると思います」

「……で、あの男、土門といったか？　あいつは、何を言いにきたんだ？」

「リンチにあった中国人の兄のほうが、今、日本にいるらしい。そのことを調べていると言っていました」

「それだけか？　おまえさんを助けようとか、そういう話じゃないのか？」

「そういう立場にはないようです」

「酷《ひど》い話だ……」

ゲンさんは、つぶやくように言った。

「ええ。入管のリンチなど、許されることじゃありません。それは、わかっています」

「そうじゃないよ。おまえさんを見殺しにする入管だよ。リンチってのは、たしかにやりすぎかもしれない。だがね、それだって、仕事だったんだろう？　たしかにリンチなんぞして人を殺したおまえさんたちは、悪い。しかし、入管ってのは、そういうところなんだろう？　あんただけが悪いんじゃない。入管全体が悪いんだ。なのに、責任を全部押しつけて、殺されるのを黙って見ている……」

「殺されるつもりはありませんがね……」

「あたりまえだ。だが、もう三人死んでるんだろう？」

「そうです」

「どうするつもりだ？」

「わからないんです。どこかへ逃げようかとも思いましたが……」

「警察は？」

「三人は、事故死ということになっています。法務省では、そのほうが都合がいいというようなことを言っていましたから……」

「まいったな……」

ゲンさんは、言った。「この店にチャイニーズ・マフィアが襲撃を掛けてくる、なんてことはないだろうな……」

店の責任者としては、当然の心配だった。氷室は、その点については何も言えなかった。氷室が『ハイランド』にいると、それだけで迷惑が掛かるということになりかねない。店を辞めさせてくれと言うべきだろうか？

氷室は、ふとそう思った。

「新宿署の生活安全課に知り合いがいる。この店にもときどき飲みにくる客だ。俺のほうから、そいつに連絡しておこう。最近、ここの中国マフィアが、このあたりの地所を狙っている、とか何とかうまいことを言っておくよ」

「俺は、この店を辞めたほうがいいでしょうか？」

「辞めたいのなら止めないよ」

ゲンさんは、ごく軽い調子で言った。「だが、俺は、おまえさんの首を切る気はない。いたいのなら、いればいい。それだけだ」

氷室は、感謝した。『ハイランド』が安全とは限らない。だが、少なくとも心が休まる場所であることは間違いなかった。『ハイランド』を追い出されたら、氷室は、収入を絶たれた上に拠り所をなくしてしまう。

「すいません……」

感謝をなんとか言葉にしようと思ったが、それ以上は、何も言えなかった。


歌舞伎町の東の外れにある中華料理店で、『闇市』が開かれていた。

雑居ビルの一階にある中華料理店の奥のテーブルに着いた中国人男性がカメラやバッグなどさまざまな商品をバッグから取り出す。何人かの女性客などが、値踏みをした上で買い取っていく。

これらの商品の多くは、盗品だった。その様子を離れたところから眺めていたヤンは、手下のシャオマーが携帯電話を片手に近づいてくるのに気づいた。

ヤンは、シャオマーが差し出した電話を耳に持っていった。

「はい……」

「私だ」

相手は、それだけ言った。ヤンは、相手が誰だかすぐにわかった。北京語でしゃべっていたし、ヤンに電話をかけてくる中国人でそんな言い方をする人間は、呉俊炎ひとりだけだった。

「何でしょう?」

「最後のひとりの居場所がわかった」

「ほう……。あなたは、日本に住み着いている私より、ずっと多くのことを探り出せるというわけですね?」

「すべては、金の力だよ。金でできないことはない」

「同感ですね。この世は、金がすべてだ。……で、ターゲットはどこに?」

「『ハイランド』というバーでバーテンダーをやっている」

「名前は、たしか氷室和臣……」

「そうだ」

「わかりました。すみやかに……」

「支払いは、成功した後に、いつものように現金で……」

「けっこう」

「君の働きは、目を見張るものがある。例のヤクザを追っ払った手際には、驚いている。作業を次の段階に進めたい。そろそろ着手してくれ」

「わかりました」

呉俊炎は電話を切った。ヤンは、シャオマーに電話を渡すと言った。

「チャンはどこにいる？」

「診療所で仕事をしていると思いますよ」

「いってみよう」

ヤンは、店を横切って、外に出掛けた。盗品を買いにきていたらしい中国人ホステスと眼があった。ヤンは、笑いかけた。

ホステスは、ふんというふうにそっぽを向いた。

若い女性のほうが、男より金を稼げる。日本にいる中国人社会では、最近、女性が男を蔑視する風潮が生まれはじめている。

「何とかしなくてはいけないな……」

ヤンはつぶやいた。

「え……？」

シャオマーが驚いて、ヤンを見た。

「中国の男たちが、立派に稼げる社会をこの日本の中に作らなければならない。呉俊炎は、それをやってくれようとしている」

「そうですね……」

シャオマーは、うなずいた。

雑居ビルの一室に、中国人が何人かたむろしている。

彼らは、一様に顔色がよくなかった。

室内は薄暗く、すえた臭いが漂っている。薄い布を張ったパイプ製の衝立《ついたて》があり、その向こうで影が動いている。

ヤンは、暗い顔で見上げる中国人たちを無視して、衝立の向こうに進んだ。

痩せた中国人が、粗末な治療ベッドにうつ伏せになった男に鍼《はり》を打っていた。

その男は、ひどく暗い感じのする眼をヤンに向けた。ヤンは、言った。

「仕事だ。チャン」

チャンと呼ばれた、痩せた男は、ヤンよりも明らかに年上だった。中国人は、年長者を敬《うやま》う。だが、ヤンは、チャンに対して命令口調でしゃべっていた。

「仕事なら今やっている……」

チャンは、鍼治療を続けながらこたえた。「これが私の仕事だ」

「話を聞くんだ、チャン」

「やめてくれ。患者がいるんだ」

ヤンは、シャオマーに言った。

「その連中を、全部追い出せ」

シャオマーは、言われたとおり、治療の順番を待っている連中を乱暴に追い出した。治療ベッドに横たわっていた男は、慌てて身を起こした。

「さあ、おまえも出ていけ」

ヤンは、その男に言った。脱いであった服をつかみ、その男に投げつけた。

男は、恐れおののき、慌てて出ていった。

「患者はいなくなった」

ヤンは、言った。

チャンは、治療ベッドに腰を下ろした。疲れ果て、ぐったりした様子だった。髪には、すでに白いものが混じりはじめている。

絶望したような暗い眼をヤンに向ける。ヤンは、かすかな笑いを浮かべてチャンを見下ろしていた。

「おまえはいい腕を持っている。鍼医者としてもそうだが、殺し屋としても、だ。さあ、どうした。どうやって、殺したのか、話してみろ」

「やめてくれ……」

ヤンは、笑いを消し去った。

「話してみろ。言うんだ。どうやって日本人を殺した？」

「何も、そんな……」

ヤンは、いきなり、一歩近づくと、バックハンドでチャンの頬を殴った。チャンは、治療ベッドから転げ落ちた。

「私が話せと言ったら、話すんだ」

チャンの暗い眼に恐怖の色が浮かんだ。チャンは知っていた。普段は穏やかな印象のあるヤンだが、実は、いくらでも残忍になることができるのだ。

それは、ヤン自身もかつては気づかずにいた犯罪者としての資質だった。

チャンは言った。

「鍼を……。長くて太い鍼を、腰椎《ようつい》の神経に打ち込むんだ。ツボがあるんだ……。一時的に、足腰が言うことをきかなくなる……」

「それで……？」

「ひとりは、車に轢《ひ》かれた。ひとりは、駅の階段から転げ落ちた。そして、もうひとりは、駅のホームから落ちて電車に轢かれた……」

「ようし……」

ヤンは、再び笑顔を見せた。「すわるんだ。チャン、そこにすわれ」

ヤンは、さきほどまでチャンが腰を下ろしていた治療台を指さした。チャンは言われたとおりにした。

「もうひとりいる。『ハイランド』というバーのバーテンダーだ。始末しろ」

「なぜだ……」

チャンは、すがるような眼で言った。「なぜ私にこんなことをやらせる。あんたたちは、銃をたくさん持っている。一発撃ち込めばそれで済むことじゃないか……」

「銃で撃ち殺すわけにはいかないんだ。事故に見せかけなければならない」

「私はただの鍼医者だ……」

ヤンは、ゆっくりと笑顔を消し去った。チャンは、また暴力を振るわれるのではないかと身構えた。しかし、そうではなかった。ヤンは、穏やかな口調で話しはじめた。

「もちろんだ。チャン。あんたは、腕のいい鍼医者だ。この街で、病気に苦しんでいる同胞を何人も救っている。あんたを頼りにしている同胞は多い」

チャンは、訝《いぶか》しげに耳を傾けていた。ヤンは、間を取ってから言った。

「だが、それで、どれだけの金が手に入る？　この診療所を見ろ。狭くて粗末だ。こんな部屋さえ、家賃が払えず、おまえは、追い出されそうになった……」

「たしかに、家賃を肩代わりしてくれたのは、あなただ……」

「いいんだ、チャン。家賃のことなどどうでもいい。私に対する借金のこともこの際忘れよう。私が言いたいのは、だ。ここを追い出されたら、どうやって治療を続けていくのか、ということだ」

「出張治療でも何でもするさ……」

ヤンは、大げさに首を横に振った。

「住む場所もなく、その日の食費にも苦労する。腕のいい、あんたが、だ……」

「いつかは、世間に認められる。チャンスはくる……」

「いや、チャン。日本ではチャンスなどない。今の日本では、われわれにそういうチャンスはこないのだ」

チャンは、何も言えず、ヤンを見つめた。ヤンの表情は、悲しみに満ちているように見えた。

「私は、おまえに立派な診療所を持たせてやりたい。今、おまえが診《み》ている患者から、どれくらいの金が取れる？　ひとり千円か？　五百円か？　それじゃあ、おまえだって暮らしていけない。どうすればいいと思う？」

「さあ……。私にはわからない……」

「同胞が、多額な治療費を払えるような世の中にすればいいのさ。皆が稼げるような世の中を作ればいいんだ。そうすれば、おまえも安心して治療費を請求できる。診療所も大きくなる。大きくて立派な診療所になれば、横浜あたりの金持ちの華僑《かきょう》もやってくるようになる。診療所はさらに豊かになっていくんだ」

「そんな世の中になるとは思えない……」

「作るんだよ」

ヤンは言った。「私たちが作るのだ。そのためには、おまえの腕が必要だ。信じろ、チャン。私たちの夢は実現できるのだ」

「日本人を殺すことと、同胞たちが稼げるような世の中になることとは、どういう関係があるのだ？」

「おまえは、そういうことを考えなくていいのだ。それは、私が考える。いいか。おまえは、おまえができることをやればいい」

「私はもういやだ……」

ヤンは、チャンに近づき、優しく肩に手を置いた。

「チャン。もう少しの我慢だ。もうじき、この歌舞伎町は変わる。俺を信じてくれ」

チャンは、俯《うつむ》いた。ヤンは、チャンの隣に腰を下ろした。さらに、優しい声で言う。

「いっしょに私たちの夢を叶《かな》えよう。いいか？　この歌舞伎町が私たちの街になるんだ。リトル・チャイナだ。私は、その準備を進めている。手を貸してくれ。入管に追われ、警察に虐《しいた》げられる毎日を終わりにしたいんだ。私たち、中国系にも、チャンスが与えられる場所が必要だ。歌舞伎町をそういう街にするんだ」

もはや、チャンは、反論する気力を失っていた。

ヤンは、立ち上がった。

「乱暴なことをして済まなかったな、チャン。さ、出掛けるんだ。『ハイランド』という店へいってターゲットを確認してこよう」

うながされて、チャンは、のろのろと立ち上がった。

10

『ハイランド』には、五人の客がいた。カップルが一組に男の三人連れが一組。

ドアが開き、氷室は、反射的にそちらを見た。「いらっしゃいませ」と言い掛けて、氷室は言葉を呑《の》み込んだ。背筋に緊張が走り抜けた。

三人の男が戸口に立っていた。アジア系だが、日本人でないことはすぐにわかった。中国人だ、と氷室は思った。

「いらっしゃいませ」

マスターのゲンさんが言った。

一番小柄な若い男が、言った。

「氷室さんは……？」

氷室は、首筋に冷たいものを押しつけられたような気がしていた。

「氷室は、私ですが……」

小柄な若い男は、後ろに立っている比較的身なりが整った男を振り返った。その男は、かすかにうなずいた。

氷室は、その男を見て、ひどく落ち着かない気分になった。その男の眼は、かすかに笑っているように見えた。しかし、優しさは微塵《みじん》も感じさせない。

闇夜の湖のように黒く、深く、不気味だった。その眼はよく光ったが、いきいきとした光り方ではない。獲物を求めている夜行性の動物のような残忍な感じがした。

その男は、もうひとりの男を見た。何かを確認するような視線だった。そのもうひとりの男は、一番年長だった。髪に白いものが混じっている。

その男の眼は悲しみをたたえているように見えた。

三人は、店に入ってこようとはしなかった。

彼らは、やがて、何も言わずドアを閉ざした。

「なんだい、ありゃあ……」

三人組の男性客のひとりが言った。「大陸の訛《なま》りがあったな……」

客の連れが言う。

「中国系かな……。最近、流氓が、ミカジメを目的で、あちらこちらの店を覗《のぞ》いているという話だ。それじゃないのか？」

氷室には、すでにわかっていた。

彼らは、氷室の名前を尋ねた。獲物を確認にきたのだ。氷室は、ゲンさんを見た。

ゲンさんは、氷室を見てかすかにうなずいてみせた。そばにこいという合図だった。

ゲンさんも気づいているはずだった。

氷室が近づくと、ゲンさんは、客に聞こえないように棚のほうを向いて言った。

「さっき、新宿の生活安全課のやつに話はしておいた。このあたりのパトロールを強化すると言っていた。何かあったら、大声を上げて警官がくるのを待つんだ」

「はい……。わかっています」

氷室はゲンさんのそばを離れ、客の飲み物の減り具合をチェックした。

命を狙われた経験のある人間がいたら、その緊張にどうやって耐えたのかと尋ねてみたかった。だが、もちろん、氷室には、そんな知り合いはいなかった。


「人相は、確認できたな……？」

『ハイランド』を出ると、ヤンは、チャンに尋ねた。チャンは、無言でうなずいた。

「あとは任せた。うまくやってくれ。今までどおりな……」

ヤンは、チャンを残して去った。

どういうふうに仕事を片づけるかは、興味がなかった。ただ、結果を出してくれればいい。ヤンはそう考えていた。

ヤンは、雑居ビル一階の中華料理店に戻った。すでに、盗品の売買は終わっていた。一番奥のテーブルに着くと、ヤンは、ビールを注文した。ヤンは、あまり酒を飲まないが、ビールだけは別だった。

彼は、常にそばにいるシャオマーに言った。

「呉俊炎は、次の段階の作業に移れと言っている」

「次の作業……？」

「例のゴールデン街の空き地は、すでに手に入れたも同然だ」

「持ち主がいるんでしょう？」

「誰が持ち主であろうと関係ない。金の話なら、呉俊炎がなんとかしてくれるし、どうせ更地で誰も使ってはいないのだ」

「次の段階というのは？」

「あそこに池を掘るんだそうだ」

「池……？　なんでまた……？」

「知らんよ。呉俊炎のやることは、理解できん。まあ、そのあたりが凡人と違うところだろうがな……」

「どうやって池を……？」

「好きにやれ。穴を掘ってセメントでも流し込めばいいだろう。水を張れば池のでき上がりだ」

「池というのは、入水路と排水路が必要だと思いますが……。でなければ、水が腐ってしまいます」

「妙なところに気を回す男だな……」

「上海にいるころ、土木の作業員をやっていましたからね……」

「任せる。おまえが考えるんだ」

「わかりました」

シャオマーは、テーブルを離れ、仲間とあれこれ相談をはじめた。

その様子をぼんやり眺めながら、ヤンは、ビールを飲んだ。

「鉄の杭の次は、池か……。何を考えているのだろうな……」

ヤンは、つぶやいた。「まあ、何でもいい。要するに、歌舞伎町が手に入ればいいんだ……」

ヤンは、成功を疑わなかった。というより、失敗することを考えていなかった。それが彼の強みでもあった。


呉俊炎は、新宿ヒルトン・ホテルのロイヤルスイート・ルームで、まだ、仕事をしていた。彼は、一日十六時間以上働く。場合によっては、三日ほど寝ないで働き続ける。

睡眠時間は、四時間ほどで充分だった。一度ベッドに入ると、たちまち熟睡する。起床すると、すぐに仕事をはじめる。朝食を摂《と》りながら、電話連絡をし、人に会う。

呉俊炎は、デスクに向かって、株式投資の検討をしていた。

彼は常にボディーガードを何人か連れて歩いている。腕の立つ連中だった。彼が財を成すためには、力にものをいわせることも必要だった。

香港の有名な黒社会ともつながりがある。香港の黒社会は、かつては、和勝和《わしょうわ》、14Kといった集団が対立していたが、いまでは、大きなひとつの連合体になっていた。その分、勢力は強大になったが、手を組むにはやりやすくなっていた。

対立するグループからの妨害にあうことがなくなったからだ。

彼は、金にものを言わせた情報網によってヤンという男を見つけた。ヤンは、呉俊炎に見出《みいだ》されなければ、ただの流氓で終わるはずだった。

利用価値のある男だった。無謀といえるほどの野心を抱いており、その野心をくすぐってやれば、たやすく抱き込むことができた。呉俊炎は、ファイルから眼を上げ、目と目の間をつまんだ。

窓から、東京の夜景を見下ろす。

彼は、ヤンとのやりとりを思い出していた。

(本来なら、この手で始末したかったのだがな……。立場上、そうもいくまい。わかってくれるな、良沢……)

彼は、怨《うら》みを決して忘れてはいなかった。怨みと怒りが、彼のエネルギー源だった。死んだ弟の分も働こう。彼は、そう心に決めていたのだ。彼は、文字通り、死に物狂いで働いた。弟の死を思うと、死ぬことなど怖くはなかった。

利用できるものは何でも利用した。風水もそのひとつだった。呉俊炎は、独特の嗅覚のようなものを持っていた。

役に立つもの、有効なものを敏感に嗅ぎ分けるのだ。呉俊炎は、風水に大きな魅力を感じた。

彼は、きわめて現実家であったが、目に見えないものでも、自分に有利にはたらくものは感じ取ることができるのだった。呉俊炎は、自分の成功に風水が大きな影響をもたらしていることをたしかに実感していた。

他人に説明できるような話ではない。だが、彼は、信じて疑わなかった。

（あと、ひとりだ、良沢。そして、おまえと私は、思い出深い歌舞伎町を手に入れるのだ。つらい思い出ばかりだったがな……）

彼は、目を開くと、再び書類を睨《にら》みはじめた。

チャンは、いったん自分の診療所兼住処《すみか》に戻った。そこで、中国鍼《ばり》を選びそれを袖の中に隠した。

中国鍼は、実にさまざまな種類がある。短くて細いもの、短くて太いもの、長くて細いもの、長くて太いもの……。使用する部位によって使い分ける。長くて細い鍼は、弾力があり、体の中で曲がるようにできている。肩甲骨《けんこうこつ》の裏側へ通したりといった使い方をする。

太くて長い鍼は、使用頻度はあまり多くない。特に重症の場合に使用するのだった。効果が大きいだけに危険でもあった。

チャンが、暗殺に使用するのは、この太くて長い鍼だった。

チャンは、ひどく沈んだ様子だった。借金で縛られ、恩で縛られ、そして、甘言に惑わされてヤンの言いなりになっている。

ヤンは恐ろしい男だった。

ヤンに逆らって歌舞伎町で生きていけるとは思えない。借金があるので、別の街に逃げるわけにもいかない。それに、やはり、歌舞伎町は、客が多い。ひとりあたりの治療費はそう多くは取れないが、中国系の人が多く働いているので、患者には不自由しなかった。もちろん、違法治療ではある。

鍼灸師《しんきゅうし》は、日本では国家試験を受けて資格を得なければ治療してはならないのだ。

その上、彼は、不法残留者だった。

入管はおろか、警察や厚生省の眼を恐れて暮らさなければならない。ヤンは、その弱味を握っている。

妻子を中国の福建省に残してきた彼は、借金を抱えたまま帰るわけにはいかなかった。妻子は、一財産築いて帰るものと期待しているのだ。その期待があるからこそ、家族は食うや食わずで渡航費を貯め、チャンに託したのだった。

（どうして、こんなことになってしまったのだ……）

チャンは、『ハイランド』のあるビルに向かいながら、そう心の中でつぶやいた。

（こんなはずではなかった。何かが狂ってしまった……）

チャンは、かつて、やはり日本に仕事を求めてやってきたある中国人の話を聞いた。必死に金を貯めて日本にやってきた。その男は、日本の物価水準をよく知らなかった。彼は、生活費として三万円を持っていたに過ぎないが、それで、数カ月は暮らせると考えていたのだ。

その男は、成田空港から話でよく聞く新宿まで行こうとした。地理がよくわからないのでタクシーに乗った。

新宿に着いたとき、必死で貯めた滞在費のつもりの三万円をほとんどすべて使い果たしてしまったことに気づき、愕然《がくぜん》としてしまったという。まさかタクシー代に三万円近くかかるとは思わなかったのだ。

チャンは、その話を聞いたとき、笑えなかった。日本は、狂っている。金の価値が他国と違いすぎる。チャンは思った。

その異常さに、自分の人生も巻き込まれたのだと感じた。

彼は、『ハイランド』のビルの前まできて、地下に降りる階段が見渡せ、なおかつ、あまり目立たずにいられる場所を探した。

向かいのビルの裏に路地があり、その陰が理想的だった。チャンは、まず、そこに立った。

氷室が出てくるまで、じっと待ち続けるのだ。やがて、立っているのが辛《つら》くなり、路地の暗がりにうずくまった。

自分が浮浪者になったような気がした。ひどく惨めになった。故郷では、それなりに名の通った鍼医者だった。日本にくれば、さらなる金と名声が手に入ると思っていたのだ。それが、この有り様だ。

彼は泣き出したい気分で、氷室を待ち続けた。

客がすべて退《ひ》けたのは、午前三時近かった。ゲンさんは、先に帰った。後始末をしてから、氷室が店のドアに鍵をかける。

店を出るのが不安だった。

何とか無事に、部屋に帰り着きたい。それだけを考えていた。

さすがに三時ともなると、人通りも少なくなる。氷室は、階段を昇るとまずあたりを見渡した。

夜明けまではまだ間がある。不夜城の新宿歌舞伎町も、街灯の光がとどかぬ闇がここかしこにある。

氷室は、タクシーを拾おうとした。『ハイランド』に勤めはじめたころは、タクシーを使うのは贅沢《ぜいたく》だと感じていたが、タクシーしか使える交通機関がないのだ。

自家用車を持てば、維持費だのガソリン代だの駐車場代だので、タクシーで帰るよりずっと高くついてしまう。飲酒運転や駐車禁止で捕まれば、罰金もばかにならない。

メーター一で千円ほどの距離なので、タクシーを利用するのが一番合理的なのだ。

区役所通りに出て右手のほうを見つめている。遠くから空車が近づいてくるのが見えた。

氷室は手を上げた。タクシーがハザードを出して左側に寄ろうとした。

その瞬間、氷室は、首に何かが巻きつくのを感じた。ぐいと首を締められる。誰かが後ろから抱きついてきたのだ。

氷室は、驚き慌てふためいた。どういうわけか、声を上げるのさえ忘れていた。

相手は、片手だけで、氷室を締め上げていた。

氷室は、うろたえていたが、体が勝手に反応した。

顎を下げると同時に、鋭く右側に振った。相手は左腕を巻きつけていた。首をひねる動作を利用して、上体をひねり、その勢いで、右肘を後ろに突き出した。

肘が相手の体のどこかに当たる。肋骨《ろっこつ》の上だ。感触でわかった。

相手の力が抜ける。

氷室は、さらに、もう一度肘を叩《たた》き込んだ。

首に巻きついていた腕が外れ、相手はよろよろと後退した。澄んだ金属音が聞こえる。路上に何かが落ちたのだ。

氷室は、相手を見ていた。

店にやってきた三人の中国人のうちのひとりだった。一番年上の男だ。

その男は、脇腹を押さえて立ち尽くし、氷室を睨み付けている。氷室もその男を睨み付けていた。

タクシーは、揉《も》め事を察知して、走り去っていた。

氷室も中国人の男も動かない。

酔漢のグループが道の向こうから近づいてきた。氷室は、ちらりとそちらを見た。

その瞬間に、中国人は、身を翻して走り去った。

氷室は、追えなかった。その気力が残っていないのだ。襲われたショックがまだ尾を引いている。

危機が去り全身から力が抜けていた。

彼は、足元に車のヘッドライトを反射して光るものがあるのに気づいた。それを拾い上げた。

鉞だった。彼は、台湾にいたころに同じものを見たことがあった。

一刻も早くそこを立ち去りたかった。タクシーを拾い、乗り込むと、氷室は、自分のとった行動を思い出していた。

何とか切り抜けた。だが、あまりうまいやり方ではなかった。実際、声も出せなかったのだ。咄嗟《とっさ》の場合は、大声など出せないものだということを初めて知った。

その後の動きは、まったく反射的なものだった。

中国武術の稽古で、繰り返し練習させられたものだ。

体の螺旋《らせん》運動は、まず、首のひねりでリードされる。氷室の体は、それを覚えていた。突きでも蹴りでも、手足を動かすには、体のひねりが必要だ。首の動きでリードすることによって、そのひねりが脊椎《せきつい》につたわり、腰を楽になおかつすみやかに動かすことができる。

氷室を救ったのは、冷静な判断や度胸ではなく、ボクシングや中国武術の反復練習で体に染みついた動きだった。


雑居ビル一階の中華料理店は、すでに閉店していたが、ヤンがまだそこにいることをチャンは知っていた。

チャンは、右の脇腹を押さえて、そこに駆け込んだ。

ヤンを始め、彼のグループの連中がいっせいにチャンのほうを見た。手下は、三人いた。ほかの人間は、街に出て仕事をしているようだ。

「どうした？」

ヤンが尋ねた。

「失敗した……」

チャンは言った。ヤンは、何も言わずにチャンを見据えた。チャンは、息を弾ませている。一気にこの店まで駆けてきたせいだった。

シャオマーが、無言で動いた。戸口から外の様子を見る。チャンを追ってきた者がいないかどうか確かめたのだ。

チャンは、すがるような眼で訴えた。

「あいつは……、氷室という男は、ほかの三人とは違った。おそらく、武術か何かの心得がある……。かなりな腕だと思う」

「脇腹をどうした？」

「肘で突かれた。二発……。おそらく、一番下の肋骨が折れている。十二番目だ」

ヤンは、眼をそらした。チャンは、ひどく不安になった。ヤンが怒り出すのではないかとびくびくしていた。

ヤンは、言った。

「物事には失敗はつきものだ。ほかの手を考えよう」

チャンは、その言葉を聞いてこころからほっとした。失敗の責任を取らされるのではないかと思っていたのだ。

「俺がいこうか？」

シャオマーが言った。

「武術の腕を試したいのか?」

ヤンは、かすかに笑って言った。「遊びじゃないんだぞ」

「わかってますよ」

しばらく考えた後に、ヤンは言った。

「いいだろう。やってみろ」

11

氷室が部屋に着いてから十五分もたたないうちに麻美が帰宅した。三時半になろうとしていた。

「あら、帰ったばかり?」

麻美は言った。「どこかで待ち合わせをすればよかったわね……」

彼女は、冷蔵庫を開けて牛乳を取り出した。それをコップに入れて飲む。

氷室の様子がおかしいのに気づいたのはそれからだった。

「どうしたの? 顔色が悪いわよ」

「中国人に襲われた」

麻美はコップを手にしたまま立ち尽くした。

「だいじょうぶ……？」

「ああ。だから、ここにこうしているんだ……」

「それ、なあに？」

氷室が手にしているものを見て、麻美が言った。

「中国鍼だ……」

「何でそんなものを……」

「俺を襲った中国人が持っていた」

「中国鍼を、何で……」

「これが、殺しの道具ということだろうな……」

「やだ……。それ、この首の後ろに刺すの？」

氷室は、思わず麻美を見た。

「何でそんなこと知ってるんだ？」

「テレビで見たことがあるわ。必殺仕掛人だっけ、仕置人だっけ……。再放送で……」

「中国武術を学んだときに、一応、ツボの心得も習った。たしかに、首の後ろ、盆の窪《くぼ》は、亜門穴《あもんけつ》と呼ばれる死穴《しけつ》だが……」

「シケツ……？」

「中国武術では、全身のツボを、死穴、唖穴《あけつ》、暈穴《うんけつ》、麻穴《まけつ》の四つに大別している。死穴というのは、強く突かれたり、刺されたりするとたちまち死んでしまうツボのことだ。唖穴は、知覚を失ってしまうツボ、暈穴は、気を失うツボ、麻穴は、痺《しび》れてしまうツボだ」

「危なかったじゃないの……。どこで、どういうふうに襲われたの？」

「店を出て、タクシーを待っているときに、後ろから……」

「いきなり突かれたの？」

「いや。まず、しがみつかれた。ツボを攻撃することを点穴《てんけつ》というのだが、いきなり突いてもあまり効果がない。点穴は、正確なポイントを正確な角度で突かなければ効き目がない。そのためには、まず、相手の動きを止めておくことが必要なんだ」

「ふーん……。ほかの三人も、そのテンケツとかでやられたのかしらね……」

「そうかもしれない……。優秀な鍼医者なら、脱力させることも、殺すこともできただろうからな……。無力にしておけば、事故に見せかけることも可能だ」

「警察に届けましょうよ。その鍼が証拠になるわ」

「そうだな……。だが、もう、三人の死体は、焼かれちまっただろう。鍼を使われた証拠はない」

「そんなこと、言ってる場合じゃないでしょう。襲われたのよ」

「わかってる。明日、警察にいって話してみよう……」

「土門さんには知らせなくていいの？」

「知らせる必要はないと思うよ」

「そう……」

「疲れたよ。今日は一日中びくびくしてたからな……」

「明日もそうなのよ」

「ああ、そうだな……」

「その次の日も……」

「ああ……」

「いつまで続くの？」

「さあな……」

翌日も、緊張しながら出勤した。昨夜のことがあったので、氷室の緊張の度合いは、つのっていた。

コマ劇場脇にある交番に、昨夜中国人らしい男に襲われたと届けた。

「被害は？」

そう尋ねられて、氷室はどうこたえていいかわからなかった。

考えてみれば、実際の被害は何もなかった。警察官は、さらに尋ねた。

「金品を奪われたとか、怪我《けが》をさせられたとか……」

「いえ、別に……」

「それじゃ、事件にしようがないな……」

「しかし、運がよかっただけかもしれない。へたをすれば、殺されていたかもしれないんだ」

「何か心当たりがあるんですか？」

氷室は、急に面倒になった。

「いえ……。一般的な話をしているだけです」

「われわれも充分に警戒はしているのですがね……。市民の方々にも充分注意していただかないと……」

逆に説教をされかねない雲行きだったので、氷室は、引き揚げてきた。

警察の現場などこんなものだ。被害がなければ動きようがない。犯罪防止をうたい、生活安全課の活動は活発になっているが、街角に立つ巡査は、生活安全課ではない。組織は、一枚岩で円滑に動くわけではないのだ。

『ハイランド』のドアが開くたびに胸が高鳴った。早く、店を終えて部屋に帰りたい。歌舞伎町を後にしたい。それればかりを考えていた。

　深夜になり、常連が集まりはじめた。

　ゴシップ雑誌記者の細井が、また、流氓たちの噂をはじめた。氷室は、聞きたくはないが聞かずにはいられないという心境で、耳をそばだてていた。

「銃撃戦があった空き地があるだろう？　あそこで、流氓らしい連中が穴を掘りはじめたらしいぜ」

「穴……？」

　そう聞き返したのは、パチプロの貞ちゃんだった。「どんな穴だ？」

「ただの穴だ。別に測量している様子もない」

「鉄の杭の後は穴か……。どういうつもりなんだろう」

「知らんよ」

「まさか、死体でも埋めようってんじゃないだろうな……」

「そうかもしれない。でも、池かなんかを作るような感じだと誰かが言っていた」

「空き地に池……？　何だそりゃ……」

氷室は、かすかに眉をひそめていた。


その日は何事もなく帰宅できた。

麻美は、四時近くに酔って帰ってきた。ぐでんぐでんという感じではないが、かなり酒が入っている。

「よかった。今日も無事だったわね……」

「今日、変な噂を聞いた」

「なあに……？」

麻美は、冷蔵庫からミネラルウォーターのペットボトルを出して、口をつけて、ごくごくと飲んだ。

「中国人たちが池を作っているらしい」

「池……？　池って、あの水のある池？」

「ああ……」

「何なの、それ……。もしかして、風水に関係あるの？」

「そうだと思う」

「池なんか、どうするのよ」

「龍が水を飲みにくるんだ……」

「何それ。どういうことよ」

「風水では、水を重視する。水は、うまく配置すると、エネルギーを呼び込むことができる。遠くにある大きなエネルギー源と反応し合うと言われているんだ。それを、龍が水を飲みにくるという」

麻美は、どすんとすわり込んで、ふうっと大きな息をついた。

とろんとしていた眼が、くるくると動きはじめる。麻美は、頭の回転がすごくいい。

氷室は、麻美の年齢を忘れてしまうことがよくある。

彼女は言った。

「それって、歌舞伎町にエネルギーを呼び込むってことよね……」

「そうだ」

「鉄の杭は、エネルギーを遮断するのよね……」

「そう……」

麻美は、また眼をしきりに動かした。考えているのだ。

「そうか……」

やがて、彼女は言った。「歌舞伎町が、すたれたままじゃしようがないわけね……。エネルギーの結界を作ってスラムを作り、それを手に入れる……。その後は、エネルギーを呼び込んで、また繁栄させなければならない……」

「そういうことだと、俺も思うが……」

氷室はかぶりを振った。「呉俊炎が、本気でそう考えているとしたら、ひどく幼稚な気がしてな……。あっという間に財産を得たやり手のイメージとも、復讐《ふくしゅう》のために三人も人を殺した人間のイメージとも掛けはなれているような気がする」

「あら、そうかしら」

麻美は言った。

「違うか?」

「普通の人が幼稚だと考えることに本気になる人が一番恐ろしいのよ。そういう人は、とても残酷になれるから、事業も成功する……」

「おまえ、本当に十九か?」

「年は十九でも、水商売を三年もやってるんですからね。人を見る眼はできてるわ」

「なるほど……。呉俊炎は、そういう人物かもしれないな……」

「そういう人はね、普通の人が考えつかないような発想を現実化しようとするの。そして、たいていは、成功させてしまうわ」

「そいつはかなり問題だな……」

氷室は、つぶやいた。「歌舞伎町は、チャイナ・タウンになり、俺は、殺されてしまう……」


シャオマーは、抜け目なく計画を練っていた。

彼は、チャンのようにそっと忍び寄って事を処理するようなやり方は好みではなかった。相手が、何も知らないうちに死んでしまうからだ。

恐怖を与えるような残忍なやり方が好きだった。相手を精神的に追い詰め、肉体的にいたぶる。それが、シャオマーのやり方なのだ。

上海に出てきたとき、シャオマーは、まだ子供といっていい年齢だった。それから、暴力と犯罪の世界で生き続けたのだ。福建省にいるときに学んだ南派の武術に、実戦のストリートファイトで磨きを掛けた。

彼は、実戦において必要なのは、狡猾《こうかつ》さと残忍さであることを知っていた。正々堂々と闘ったところで誰も褒めてはくれない。どんな手段を使ってでも勝つことが大切なのだった。

シャオマーは、ワン・フー、トントンと呼ばれるふたりのヤンの手下とともに、あれこれ相談していた。

「氷室の住処はわかったのか？」

シャオマーは、ワン・フーに尋ねた。立派な体軀《たいく》をしたワン・フーは言った。

「突き止めた。やつは、若い女と住んでいる。なかなかの女だ」

「ほう……」

シャオマーの眼が、不気味な光り方をした。

ワン・フーとトントンは、ともに香港で、詠春拳《えいしゅんけん》という武術を学んでいた。詠春拳は、やはり、シャオマーの虎拳《こけん》と同じく南派に属する拳法だ。

ブルース・リーが若いころに修行した武術ということで有名になり、多くの新派が派生した。ワン・フーとトントンが学んだのは、その新派のひとつだった。

香港で武術を学ぶ若者の夢は、きわめてはっきりとしている。香港映画のスターだ。

だが、その道は、かなり狭き門なのだ。ワン・フーもトントンも、アクション映画のスターを目指し、挫折した多くの若者の中のひとりだった。

シャオマーは、うなずきながら言った。

「おまえたち、好きな女を失ったら、どんな気分だ？」

ワン・フーもトントンも何も言わない。シャオマーは、ふたりの顔を見て、にやりと笑った。

「おい、いってくるぞ」

氷室は、まだベッドの中にいる麻美に声を掛けた。午後五時半になろうとしているが、まだ麻美は、起きようとはしなかった。

麻美は、今朝夜が明けてから帰ってきた。酒の量もいつもより多かった。二日酔いで起きられないのだ。珍しいことではなかった。店には遅刻していくのかもしれない。『ハイランド』の帰りに襲われてから、すでに三日たっていた。その間は、何もなかった。

不気味な沈黙とも思えたが、一方で、すでに連中はあきらめたのではないかという、一縷《いちる》の望みもあった。

どんどんと、ドアを叩く音がして、麻美は、苦しげに寝返りを打った。まどろみのなかで、氷室の声を聞いた気がする。彼が出ていったのは、わかっていた。

麻美は、知らんぷりを決め込むことにした。どうしてもベッドから出る気がしない。

二日酔いは、珍しいことではないが、何度やっても慣れるものではなかった。そのたびに苦しい思いをする。

ドアを叩く鈍い音が、鋭く激しい音に変わった。工事をしているような音だ。

麻美は、枕にうずめた顔をしかめた。どこかで内装工事でもはじめたのかな――彼女は、ぼんやりとそんなことを考えていた。

突然、部屋の中でがちゃりという金属音が聞こえた。

麻美は、重たい頭を上げた。何の音かわからなかった。ドアがきしんでいる。

麻美は、ドアに眼をやった。ドアノブがなかった。そこに、穴が開いている。その穴に誰かが外から四本の指を掛けている。ドアを揺さぶっていた。

さきほどの金属音は、ドアノブが落ちた音だと気づいたとき、ドアがこじ開けられた。麻美は、体を動かすことができなかった。

あまりの驚きのせいだった。咄嗟に反応できないのだ。ただ、目を見開いて、男たちが部屋に押し入ってくるのを見つめているだけだった。

男たちの動きは迅速だった。ベッドの毛布をはぎ取る。麻美は、声を上げようとした。だが、大声を出すにも準備がいることを、そのとき初めて知った。

「や、や、や……」

麻美が辛うじて出せたのは、そんな声でしかなかった。

大声を出す前に、男たちのひとりに口を塞《ふさ》がれた。手足を思いっきりばたつかせる。Tシャツしか着ておらず、太股《ふともも》も下着も丸出しになったが、そんなことにかまってはいられなかった。

男は三人いた。精一杯抵抗したが、押さえつけられ、粘着テープで手足をぐるぐる巻きにされた。口にも粘着テープを貼られてしまった。

身動きできなくなった麻美を、三人の男は、見下ろした。

にやにやしながら何事か話し合っている。日本語ではなかった。中国語に違いない。卑猥《ひわい》なことを話し合っているようだった。

だが、一番小柄な若い男が、ふたりをせき立て、ふたりは、残念そうにその場を離れた。

麻美は、ガソリンの臭いを嗅いだ。臭いは、だんだん濃くなっていく。

男たちがドアから出ていった。

次の瞬間、台所のあたりから大きな音とともに、炎が上がった。

電話が鳴った。氷室は、店に着いたばかりで、マスターのゲンさんはまだきていない。氷室は電話に出た。

「氷室はいるか？」

相手は言った。明らかに大陸訛りがある。氷室の首筋が冷たくなった。

「俺だ」

「いっしょに住んでいるかわいい女は何という名だ？」

「何だって？」

「まだ若いのに、かわいそうにな……」

電話が切れた。

氷室は、自宅に掛けた。電話が話し中の状態だった。

不安でいてもたってもいられなくなり、氷室は、『ハイランド』を飛び出した。タクシーを拾って自宅へ向かう。

渋滞に引っ掛かるたびに、氷室は、罵りたくなった。やがて、自宅に近づくとちょっとした騒ぎになっており、不安はさらにつのった。

住宅街の一角から黒煙が上がっている。消防自動車が道を塞いでいた。

（まさか……）

氷室は、祈るような気持ちでタクシーを降り、自宅のマンションに向かって駆けた。

路地の角を曲がったとき、彼は、茫然《ぼうぜん》と立ち尽くしてしまった。火事は、氷室が住むマンションだった。彼の部屋が燃えている。

氷室は、野次馬を整理している警察官に言った。

「あそこは、俺のうちだ」

「いいから、消防にまかせるんだ」

「部屋に……。部屋に婚約者がいたはずなんだ」

警察官は顔色を変えた。消防士のひとりを大声で呼んだ。氷室は、野次馬の人垣を抜けて、その消防士のもとに駆けていった。

「あそこは、俺の部屋だ。婚約者がまだ寝ていたはずだ」

「人が……」

消防士は、無線でしきりにやり取りをした。

「落ち着くんだ」

消防士は、氷室に言った。「まだ、確認できていない」

「誰も助け出していないのか？」

「火の回りが異常に早く、われわれが駆けつけたときは、すでにあんたの部屋は全焼の状態だった……」

氷室は、絶望的な気分で周囲を見回した。どこかに麻美がいるのではないかと思った。

（どこかに……、どこかに……）

氷室は、麻美の姿を探し求め、視線をさまよわせ続けていた。

12

氷室は、死を顧みず子供を助けようと、火のなかに飛び込んでいこうとする母親や父親の気持ちがわかるような気がした。彼もすんでのところで、飛び出していくところだった。

しかし、氷室の部屋はすでに焼け落ちている。自力で脱出していないかぎり、麻美が助かっている見込みはない。

氷室は、しきりに麻美の姿を追い求めた。救急車に近づき、係員に尋ねたりもした。けが人はまだ運ばれてきていないという。

他の部屋はほとんどが留守だった。勤め人は出勤している時間帯だ。氷室の住むマンションの住人は、ほとんどが独身者だった。

また、燃えたのは、氷室の部屋のみで、他の部屋への延焼は防げたということだ。

コンクリートの壁のおかげだった。

氷室は、麻美の姿がどこにもないと知り、道の端で崩れ落ちるようにすわり込んだ。これほど激しい喪失感を感じたことはなかった。

氷室は、肩を叩かれた。

振り向くと、そこに土門武男が立っていた。氷室は、なぜだか激しい怒りを感じた。誰かにやるせなさをぶつけたかったのかもしれない。全身の血が逆流する感じだった。たちまち、頭に血が上る。

彼は、知らぬうちに立ち上がっていた。

「なんで、あんたがこんなところにいるんだ?」

「落ち着いてください」

「部屋を焼かれたんだ。麻美が死んじまったんだ」

「どうか、お静かに……」

「静かにしろだと?　婚約者が死んだんだ。興奮してあたりまえだろう」

土門は、両手を胸のあたりに掲げ、てのひらを下に向けた。

「村元麻美さんは、生きています」

「麻美は、やつらが点《つ》けた火のなかで、焼かれて……」

氷室は、土門の顔をまじまじと見た。「何だって？」

「麻美さんは生きておられると言ったのです」

「生きている？」

「われわれが救い出して、病院に運びました」

「救急隊員は、けが人はまだ誰も運び出していないと言ったぞ」

「われわれが車で運んだのです」

「どうなんだ、様子は？」

「ご自分でご覧になるのがいいでしょう」

「もちろんだ」

土門は、野次馬の人垣を抜けて、氷室を車に案内した。安っぽい一五〇〇ccクラスの白いセダンだった。

法務省の役人が乗り回している車だから、黒塗りの三〇〇〇ccクラスかと思ったら、大違いだった。

運転手もおらず、土門が自ら運転した。氷室は、後部座席ではなく、助手席にすわった。土門が、車を急発進させた。

「近くの救急病院です」

土門が言った。

車はすぐに着いた。

氷室は緊張した。麻美は、生きてはいるが、ＩＣＵのなかで生死をさまよっているのではないかと思ったのだ。

土門は、まったく迷わず廊下を進んだ。処置室という札がかかった部屋の引き戸を開けた。

カーテンで仕切られ、ベッドが六つ並んでいる。

「こっちです」

土門はカーテンの脇に立った。

氷室は、おそるおそるカーテンを開けた。麻美がベッドに横たわっている。点滴のスタンドが立っている。輸液しているのだ。

意識はあるのだろうか？　氷室は、その点が心配だった。

「麻美……」

彼は、声を掛けた。

麻美の頭がさっと動いた。眼が合う。

「もう、あったまきちゃう！」

麻美の声がした。「三人がかりであたしを押さえつけたのよ。ガムテープで手足を縛って、口を塞いで……。ガソリン撒《ま》いて火を点けたのよ。もう少しで死ぬところだったわ」

「どこかけがはしていないのか？」

「すぐ、土門さんたちが飛び込んできてくれたの」

氷室は、土門を振り返った。土門は言った。

「火はとても消せそうにありませんでした。回りが早くて……。すいません」

氷室は、麻美に尋ねた。

「けがをしていないのなら、その点滴は何だ？」

「二日酔い。これ、すごく効くのよ」

氷室は、全身の力が抜けていくのを感じた。思わず、涙が出そうになった。

「おまえが死んじまったと思った……」

「助かったのは、土門さんのおかげよ。すごく怖かったんだから……。火を点けたやつら、中国語をしゃべっていた……」

氷室は、抜け落ちていた全身の力が再びみなぎってくるのを感じた。土門の顔を見たときと同じ怒りが、またわき上がってきた。

「ああ。誰が火を点けたかは知っている。やつら、俺を殺そうとするだけじゃなくて、部屋に火を点け、おまえを殺そうとした。もう少しで、約束を破るところだった」

「約束……？」

「おまえを守ると言っただろう？　さあ、二日酔いが醒《さ》めるまで、休んでいろ」

氷室は、カーテンを閉めた。土門が、無表情に氷室を見ている。

「ちょっときてくれ」

氷室は先に立って、廊下に出た。土門は無言でそれに続いた。

「まず、礼を言わなければならないな」

氷室は言った。土門は、曖昧な表情で肩をすぼめて見せた。

「だが、どうして、俺の部屋のそばに都合よくあんたがいたんだ？」

「張っていたんですよ。麻美さんをね」

「張っていた……？　何のために？」

「心配ですからね……。相手は、なりふりかまわない連中です。目的のためなら何をするかわかりません。麻美さんが狙われることは誰にでも予想はつきますよ」

「あんたは、そういうことの専門家のようだな……」

「危機管理は専門外ですが、司法畑にいますからね……」

「俺は、まったくど素人だったよ。自分のことしか頭になかった。あんたがいなければ、麻美を失っているところだった。何を失ってもいい。だが、麻美だけは、失いたくない。あんたに家族は？」

「ええ。いちおう……」

氷室は、このこたえをどう解釈していいかわからなかった。だが、詮索《せんさく》する気はなかった。

「だったらわかると思うが、麻美は、今の俺にとっては唯一の家族のような気がするんだ」

「わかりますよ」

「あんたに借りができた」

「貸しを作るために、麻美さんを助けたわけじゃありません」

「銃の訓練をする用意があると言ったな……？」

「ええ……」

「大急ぎでやってくれ」

「気が変わったのですね？」

「俺は、自分の罪は償わなければならないと思っていた。呉俊炎の弟にしたことは許されるべきではない。だが、こんなことは、もう終わらせなければならない。家を焼かれ、婚約者の命まで狙われ……。そして、俺もいつまた襲われるかわからない」

「また……?」

「三日前に、襲われた。相手は、中国鍼を持っていた。おそらく、鍼で沢渡たちを無力化しておいて事故に見せかけたんだ」

「まあ、あなたは、ご自分で身を守ることができる。そう判断したので、麻美さんのほうを監視することにしたのですが……」

「俺は、死ぬのはまっぴらだ。麻美に死なれるのもごめんだ。だが、今の俺には何もできないということを知った。あんたの力を借りてみようと思う。ついては、俺もあんたの指示に従わなければならないだろう。借りもあるしな……」

土門は、表情を変えない。氷室は土門が何を考えているかわからなかった。やがて、土門が言った。

「やつらは、へまをやりましたよ……」

「へま……?」

「放火というのは、たいへん罪が重い。さらに、火を点ける前に、やつらは、麻美さんを縛っている。明らかに殺人の未遂です。そして、実行犯は、麻美さんに顔を見られている。警察も黙ってはいられません」

「だが、呉俊炎にまで捜査の手が届くかどうかは疑問だ。そうじゃないのか?」

「やるだけやってみますよ。でないと、法務省の名が泣きます」

「俺はあんたを信用していないし、あんたのやり方が気に入らない。だが、麻美を助けてくれたのは事実だ。俺が囮《おとり》になることで、この一件を片づけられるならやる価値はあると思う」

「信用していただけないのは心外ですが、まあ、しかたがないでしょう。銃の訓練は、いつから……?」

「いつでも……」

「明日、連絡します。宿はどうします?」

「何とかするさ」

「ホテルを用意します。あなたひとりではなく、麻美さんもいらっしゃいますからね」

「あいつの商売道具も全部焼けちまったな……」

「商売道具?」

「洋服とか化粧道具とか……」

「火災保険は?」

「そんなもの、入ってない。まあ、何とかするさ。これから、いろいろと後片づけがある。とりあえず、大家に会わなきゃな……」

「警察の事情聴取があるはずです。呉俊炎のことを話すべきだと思います」

「三人のもと同僚のことも?」

「はい。警察がどう扱うかはわかりませんが、とにかく話したほうがいい。呉俊炎に対する圧力になるかもしれません」

「ジャブを繰り出すわけだな」

「そういうことです」

「俺は店に電話しなければならない。黙って飛び出してきたからな」

「いきましょう。火事の後片づけのお手伝いをします」

「あんたに手伝ってもらう筋合いじゃないよ」

「役人がいるといろいろと便利ですよ。車で送ります」

「わかった。麻美に会ってくる」

「あの方は、元気に振る舞ってらっしゃいますが、本当は、ひどいショックを受けているはずです。二、三日病院で様子を見たほうがいいでしょう」

「わかっている」

「気丈な方だ……」
「ああ……。そうだな……」

土門は、新宿のワシントン・ホテルにツイン・ルームを取ってくれた。部屋に入ったとたん、氷室は、ベッドに倒れ込んだ。火事の事後処理で疲れ果てていた。大家とのやりとり、警察の尋問、近所への詫《わ》び……。氷室が避けてきた世間の雑事をいっぺんにやらされたような気がした。

たったひとりで生きているつもりになっていること自体が、いざというとき、他人にとって迷惑になるのだということを、いやというほど思い知った。

マンションの持ち主が火災保険に入っていたので、金銭的にはそれほど揉めなかった。これから保険会社の調査がはじまり、警察以上にしつこくあれこれ訊《き》かれることになる。

氷室は、うんざりしていた。加えて、持ち物をすべて焼かれたというのは、精神的にダメージが大きかった。

家財道具にはまったく金を掛けないほうだが、これまでの人生を物語るさまざまなものを一気に失ってしまった。また鍋釜、布団からそろえなくてはならないのだ。

とりあえず、明日は、麻美の服や身の回りの品を買って病院に持っていかなければならないな……。

そんなことを考えながら、氷室は、いつしか眠ってしまっていた。

翌日、午前十時に、土門が迎えにきた。氷室は、東京湾岸にある警察の射撃練習場に連れていかれた。

そこで土門は姿を消した。夕方にまた迎えにくるという。麻美に会いに病院へいかなければならないと言うと、その時間を考慮して三時にやってくると言った。

氷室の教官役として現れた男は、どうやら警察官のようだった。たいへんタフそうな体格と面構《つらがま》えをしている。

彼は、名前も言わなければ官職名も教えなかった。

「イヤーガードをつけて。このイヤーガードは、人の声は聞こえるが、銃声を防ぐようにできている。拳銃を撃ったことは？」

「ない」

「では、リボルバーからはじめよう。三八口径だ。弾を込めるときはこうして、左の腰を台に当てて、左手で銃を持つ掌《てのひら》に銃全体を載せ、中指と薬指でシリンダーを押さえる。こうだ。やってみたまえ」

氷室は、見よう見まねでやってみた。

「よし、では、シリンダーを閉じて……。グリップを握る。そう、人差し指と親指の股にぴったりとグリップをはさむ。左手をその上から被《かぶ》せ、両方の親指をクロスさせる。そうだ。まず、シングルアクションで撃つんだ。撃鉄を起こしてから引き金を引く」

氷室は、標的に向かって撃った。標的はそれほど遠くにはない。せいぜい七メートルほどの距離だ。

衝撃に驚いた。まさに、掌のなかで爆発が起きたということが実感できた。全弾を撃ち尽くすと、また弾を込めるように言われた。

「さっき言われたことを忘れたのか？　左の腰を台につける。左手の中指と薬指でシリンダーをホールドする！」

氷室は、言われたとおりにした。また、六発撃つ。そして、弾を充塡《じゅうてん》する。それを一時間以上も繰り返した。

最初の驚きは、すでに消えていた。衝撃にも慣れた。そのあと、ダブルアクションで撃った。撃鉄をいちいち起こさず、引き金を引くだけで撃つのだ。

「銃を構えるときは、絶対にトリガーガードの中に指を入れない。引き金に指をかけるのは、撃つときだけだ。右手の人差し指はつねに伸ばしておく。これが基本だ。癖をつけろ」

つい、銃を持つと、引き金に指をかけてしまう。それを何度も注意された。

ボクシングや、中国武術の稽古が役に立っていた。人に指導されることに慣れているのだ。大切なのは素直に言われたことを実行するということだ。そのうち体が覚えていく。言われたとおりに体を動かせない人は、何事も覚えが遅い。氷室は、たちまち、銃に慣れていった。

最初、ばらばらだった標的の着弾が、なんとか三、四十センチの円の中にグルーピングするようになってきた。

「オートマチックを扱えるようにしてくれというのが、あの人の要求だ」

「あの人って、土門のことか？」

教官は、台の上に新たな銃を置いた。

「ＳＩＧザウアー。自衛隊の制式拳銃と同じものだ。小型ですこぶるバランスがいい。名銃だ。口径は九ミリ。マガジンにフルロードで十五発入る。見てのとおり、セーフティーレバーがない。トリガーにセーフティーが組み込まれている」

見てのとおりと言われても、よくわからなかった。教官は、説明した。

「引き金の最後のひと引きでロックが外れる。つまり、セーフティーを掛け忘れたり、いざというときセーフティーを掛けたまま引き金を引いたりという危険がない」

「なるほど……。俺にはもってこいだ」

「これがマガジン。弾をあらかじめ込めて持っておく。これをこうしてグリップに叩き込む。このスライドストップを指で外すと、スライドが前進して薬室が閉まる」

がしゃっという鋭い音がして、薬室が閉まった。

「これで、引き金を引けば弾が飛び出す」

教官は、マガジンを外し、スライドを引いて薬室に入っていたカートリッジを弾き出した。それを拾ってマガジンに差し込む。

「リボルバーは、一発ずつシリンダーが回ることによって新しい弾を発射位置に持ってくる。オートマチックは、火薬のガス圧によってスライドを後退させ、スプリングでまたスライドを前進させる。このスライドの動きによって薬室のなかの空薬莢《からやっきょう》を弾き出し、マガジンから新しいカートリッジを薬室に送り込む。弾が無くなったら、マガジンをワンタッチで取り替えるだけだ。リボルバーより手間がない。それに、一回に充塡できる弾の数が、リボルバーは五ないし六発だが、このザウアーなどは、十五発。その点でも有利だが、メカニズムが複雑なだけ、作動不良も起きやすいし、扱いも面倒になる」

「慣れるしかないさ……」

氷室は、徹底的に、ＳＩＧザウアーの扱いを叩き込まれた。オートマチックは、火薬が爆発する衝撃に加え、スライドが前後する反動が伝わってくる。しかし、すでに、氷室は銃の反動に慣れており、九ミリのカートリッジの衝撃をそれほど感じなくなっていた。

昼飯も食わずに、三時まで徹底的に銃の訓練をした。時間が経《た》つのが早かった。土門が現れたとき、彼が時間を間違えて早くやってきたのではないかと思ったほどだった。撃っている最中は気づかなかったが、肩や腕に余分な力が入っていたようだ。ひどく凝った感じがした。

講義の最後に、教官が言った。

「死にたくなかったら、必死で扱いを覚えることだ。そして、ちゃんとオートマチックを作動させたかったら、撃ったあとは必ず、分解掃除をするんだ」

「分解なんてできない」

「明日、それを教える」

氷室は肩をすぼめた。すでに土門が出口に向かって歩きはじめていた。氷室はその後を追った。

13

ヤンは、少々機嫌が悪かった。氷室の部屋に火を点《つ》けたというシャオマーの報告が気に入らなかったのだ。

日本人を殺すことは何とも思っていない。特に相手がヤクザの場合は、いくらでも残酷になれる。だが、女子供の場合はそうではなかった。

さらに、放火をするという派手なやり方が好きではなかった。目立つ行動は、必ず失敗に結びつく。

「氷室のやつは、これでひどく打ちのめされているはずだ……」

シャオマーは、ヤンが喜ばないのを見て意外に思い、言い訳するように言った。

ヤンは、ひとつため息をつくと、シャオマーのほうを見ずに言った。

「私たちに怒りを燃やしているかもしれない。手負いの獣という言葉を知っているか？　痛めつけて怯《おび》えきってしまうやつと、やけになって牙をむくやつと、世の中には二通りいるんだ」

「氷室のやつは腰抜けさ。見ただろう？　『ハイランド』で、俺たちが様子を見にいったときのやつの顔……」

「そう。あのときは、怯えていた。しかし、彼は、チャンの手を逃れた。今、家を焼かれ、女を殺された」

「どうってことないさ。俺が片づけるよ」

「楽しむのはいい、シャオマー……」

ヤンは、初めてシャオマーの顔を見た。その眼は、怒りに輝いていた。「だが、遊び半分でやるな。痛い目にあうぞ」

シャオマーは、ヤンが何を怒っているのかわからなかった。だが、ヤンの怒りを買うのが恐ろしかった。

「わかったよ。ヤンさん。やることはちゃんとやる……」

そこに、マーが入ってきて、シャオマーとの話が終わりとなった。マーは、難しい顔をしている。

「ヤンさん……。困ったことになった」

「どうした？」

「日本人が、鉄の杭《くい》を抜いている」

「何だと?」

「どうやら、区役所か何かが動いているらしい。工事の看板を立てて、杭を掘り起こしてひっこ抜いている」

「区役所が……」

「いずれ、あの空き地の池のほうにも妨害が入るだろう」

ヤンは、眉根に皺《しわ》を寄せて考え込んだ。やがて彼は言った。

「日本の役所が、何だって、あんな杭を気にするんだ? どういう実害があるというんだ?」

「さあ……。街路樹が枯れるとでも思っているんですかね……」

「作業をした私たちも知らないあの杭の意味を日本人が知っているのだろうか……?」

「俺たち中国人のやることが気に入らないだけかもしれない……。どうします?」

「呉俊炎に対して、日本の役所に引き抜かれました、じゃ済まないぞ……。工事のやつらが引き揚げたら、人をかき集めて、また打ち込め」

「わかりました」

「シャオマー、ワン・フー、トントン。おまえたちも、杭打ちのほうに回れ」

シャオマーが尋ねた。

「氷室の野郎はどうするんです？」

「杭や池のほうをおろそかにするわけにはいかない。どういう意味があるのか知らないが、呉俊炎にとっては大切なことらしいからな……」

シャオマーは、不承不承という顔つきでうなずいた。

「わかりました」

「言っておくが……」

ヤンは言った。「『ハイランド』に火を点けたりはするな……。これ以上氷室という男を怒らせると面倒なことになるかもしれない」

「もう放火などしませんよ。でも、何でそう思うんです？」

「氷室のことか？　何となく、そういう気がするんだよ」

『ハイランド』に出勤した氷室に、ゲンさんが封筒を渡した。

「見舞金だ」

「いや、迷惑を掛けた上にそんな……」

「なに、俺からというわけじゃない。常連の皆が金を出し合った。それに俺が色をつけたというわけだ」

「今回のことは、身から出た錆《さび》なんです。見舞金だなんて……」

「常連の連中は何も知らない。俺も、従業員が火事を出したのに知らんぷりをしているわけにはいかない。そういうわけだから、おとなしく受け取っておけ。新しい部屋も借りなきゃならんのだろう」

「済みません……」

「常連たちにお礼を言っておけ」

「はい」

氷室は、ありがたかった。現金を貰《もら》ったこともちろんだが、常連たちやゲンさんの心遣いが感じられた。自分には、まだ居場所がある。ひとりで放り出されたわけではない。それが、実感できた。

「済みません」

氷室は、もう一度、つぶやいていた。

ヤンに命じられ、マーのグループは、一時的に池を掘る作業を中断し、また鉄の杭を打つ作業を再開した。

区役所が業者を使って、杭の撤去作業を行っていた。マーたちは、夜中に、同じ場所に杭を打ち込んでいった。

いたちごっこではあったが、役所の予算内で業者ができることは限界があるというヤンの計算があった。こうした場合のゲリラ戦法は、彼らの得意とするところだった。場合によっては、銃で業者を脅してもいいと、ヤンは考えていた。日本人は、銃に対してアレルギーといっていいほどの嫌悪感を抱いている。

業者に対して銃が撃たれたということになれば、作業は中止されるかもしれないとヤンは計算していたのだ。


シャオマー、トントン、ワン・フーの三人は、しかたなく杭打ちの作業に参加していた。彼ら、特にシャオマーは一刻も早く、氷室襲撃の仕事に戻りたいと思っていた。

シャオマーは、氷室を急襲し、一気に片をつけたかった。虎拳の腕を振るってみたかったし、銃を使えば、事は簡単に済むと思っていた。

氷室という男がそれほど危険な男とは思っていなかった。ただのバーテンダーに過ぎない。ヤクザでもなければ、役人でもない。

シャオマーは、ヤンが何を気にしているのか訝《いぶか》しんでいた。

シャオマーにとって、すでに新宿の歌舞伎町は、自分たちの縄張りだった。歌舞伎町にいると、気分が落ち着くし、何でもできそうな気がした。

彼は、日本人を根本的に憎んでいた。

歴史的な問題ばかりではなかった。贅沢《ぜいたく》な暮らしをして、自分たちに差別的な眼を向ける日本人たちが憎くてたまらないのだ。

日本は、中国や韓国から搾取して肥え太ったと、幼いころから聞いて育った。ならば、それをこれから取り返さなければならないとシャオマーは考えて、日本にやってきたのだ。

不思議なもので、中国人を殺すことはためらわれたが、日本人を殺すことには、それほどの抵抗感はなかった。

相手の生活が連想されないせいかもしれないとシャオマーは考えたことがあった。相手が中国人なら、その父母や、兄弟たちのことをどうしても思い描いてしまう。

しかし、日本人の生活がどのようなものか知らないために、そうしたことがあまり気にならないのだ。

今、シャオマーが見ている歌舞伎町の風景のなかで、日本人たちの姿から生々しさは伝わってこない。ただの風景の一部に過ぎない。綺麗《きれい》な女を見ても、欲望を感じるわけではない。どうせ相手にされないことがわかっているのだ。

実際、そのことが一番腹立たしかった。日本にくる前は、日本の女と付き合うことも考えていた。

一時期、香港で、日本の若い女を恋人にするという内容のポピュラーソングが大流行したことがあった。その娘の父親は、原宿で寿司屋をしているのだ。シャオマーも、そうした歌の世界が、実際にあるものと信じていた。

しかし、現実は悲惨だった。

派手に着飾り、明らかに男を挑発しているように見える若い女性が、シャオマーのような中国の男をまったく相手にしないのを知ると、ひどく腹が立った。

何も知らない時期に、シャオマーは、若い日本の女に声を掛けたことが何度かあった。そのときに向けられた、軽蔑の視線を彼は、一生忘れられないと思った。

日本の女性は、経済的な優位さだけを理由にシャオマーたちを軽蔑している。だが、その経済的な優位さというのは、もともと、シャオマーたちの国や朝鮮半島、東南アジアの国々を植民地支配し、搾取することで手に入れたものだ。

中国にいるときは、人民を搾取する国の役人や、党幹部の連中のほうが問題だと思っていた。日本の搾取は、すでに過去のものだと思っていたのだ。

しかし、そうではなかった。中国その他の国から取り上げ搾り取ったものによって、日本は、桁違いの経済大国になっており、その結果自分たちが差別されているのだ。シャオマーにはそう思えてならなかった。

そして、シャオマーは、次第にそうした考えに支配されるようになっていった。シャオマーは、そうした不満や怒りのはけ口を常に求めるようになっていた。氷室は、はけ口としてもってこいだった。氷室の幸福を壊すことが、シャオマーにとっては大切なのだった。

ヤンは不満そうだったが、氷室の部屋に火を点け、一緒に暮らしていた女を焼き殺したことで、シャオマーは満足していた。シャオマーは、麻美を殺したと確信している。あとは、氷室を殺すだけだ。それも、ただでは、殺さない。たっぷりと痛めつけてから殺すのだ。

殴られ、蹴られて、泣きながら命乞いをする氷室を想像すると、彼は勃起しそうなほど興奮するのだった。

氷室は、午前三時まで働き、その後、午前十時から拳銃のレクチャーと訓練を受けた。店からホテルまで、気の休まる暇はなかった。

流氓《リュウマン》たちが狙っているのは明らかだった。その上、寝不足で、疲れていた。

（こんなことは早く終わらせなければならない……）

氷室は考えていた。日常の変哲のない生活がかけがえのないもののように感じられる。歌舞伎町のバーテンダーなど、世間から見れば特殊な世界ではあるが、それでも、日常の中で暮らしていることには変わりはない。

何発も拳銃を撃ったあと、教官は、氷室に、今撃った銃を持って厚い天板が載った作業台のところにくるように言った。

まだ銃身が熱いＳＩＧザウアーを手に作業台まで行くと、教官は、同じ銃を手にして言った。

「これから、私と同じようにやるんだ」

説明しながら、彼は、スライドを引いて薬室を開いた。「まず、スライドを引いて、オープンにする。トリガーガードの上にあるこのレバーを下に押し下げる。マガジンを抜いてスライドを少しだけ引くと、スライドキャッチが外れて、スライドを前に抜き出すことができる。さあ、ここまでやってみろ」

氷室は、言われたとおりにやってみた。

スライドを押さえているスプリングがものすごく強くて、教官がやるように滑《なめ》らかにはいかない。

「次に、スライドの中から、ガイドごとリコイル・スプリングを取り出す。こうやるんだ」

教官は、スライドを押さえていたバネを外し、銃身をスライドの中から取り出した。

「そして、銃身の中を掃除する」

銃身を覗《のぞ》くと、火薬のかすや煤《すす》がこびりついている。教官は、布にオイルをスプレーすると、金属製の棒に絡ませて銃身の中に差し込んだ。

氷室も同様にやってみた。

教官は、オイルをしみ込ませた布で、分解した部品すべてを丁寧に拭った。

「これが通常分解——フィールド・ストリッピングだ。撃った後は、最低でもこの手入れをしなければならない。命が惜しければな……」

教官は、再び、部品を組み上げていく。氷室は真似《まね》をした。

「さあ、今度はひとりでやってみるんだ」

氷室は、ぎこちないながらもなんとか分解した。それを、また、組み立てる。

同じことを何度もやらされた。五回目くらいから、何とかコツがつかめてきた。

教官は言った。

「このSIGザウアーは、他のオートマチックに比べて分解が簡単にできる。他のオートマチックについても教えたいが、ここには、その準備もないし、時間もない。さて、私の役割は終わった。君は、この銃を持ってここを出ていく。私は、もとの職場に戻る」

「もとの職場……？」

「それは、君には関係ないことだ」

氷室には、何となく見当がついていた。警察庁や警視庁にも銃の訓練を担当する教官がいるはずだ。この人物は、警察官が持つ独特の雰囲気を持っている。

かつて、入管の警備課にいた氷室にとっては、馴染《なじ》みの雰囲気でもあった。

「たった二回の訓練でまともに銃が撃てるとは思えないな……」

「君の体格を見ると、何か運動をやっていたようだが……。おそらく格闘技ではないのかね？」

「ボクシングと中国武術をやったことがあります」

「広背筋が発達しているのでそうではないかと思った。いいか？　拳銃というのは、それ自体に恐ろしい破壊力を秘めている。格闘技を何年も訓練して得られる破壊力よりずっと大きな威力がこの小さな固まりのなかにあるのだ。ただ引き金を引けばいい。それに、拳銃は、手の延長だと思えばいい。格闘技をやっているのなら、そのあたりの感覚はわかりやすいはずだ」

「なるほど……。手の延長ね……」

「大切なのは、本気で撃つ、ということだ。撃つときには絶対に躊躇《ちゅうちょ》してはならない。また、撃つ気がないときは、銃を取り出してはならない。中途半端が一番いけない」

「わかった」

「では、その銃が役に立つことを祈るよ」

教官は、氷室に背を向けて歩き去った。氷室は、何か挨拶をしなければならないと感じたが、教官はまったくそれを求めていないようだった。

教官と入れ代わりで、土門がやってきた。彼は、カートリッジ五十発入りの箱を手にしていた。

土門は、無言でそのずっしりとした箱を氷室に手渡した。

さらにポケットから、空のマガジン二本と身分証のようなものを取り出した。その身分証には法務大臣の印が押してあった。

「これは銃を持つことを許可する特別の身分証です」

土門は言った。

「少なくとも、銃刀法違反で検挙されることはないわけだな……」

「私にできるのはここまでです」

「俺は自分で身を守らなければならないということか……」

「あなたと、村元麻美さんを……」

氷室は、作業台の上のＳＩＧザウアーを見て言った。

「何だか複雑な気分だな……。銃を持つというだけで、特別な立場になったような気がする」

「事実、特別な立場なのですよ」

「何でもできそうな気がしてくる」

「それが銃の危険な点なのです。できれば、あなたが銃を使わずに済めばいいと考えているのですがね……」

「俺もそう思うよ」

「しかし、相手は、銃で武装しています。拳銃だけではなく、サブマシンガンを持っているかもしれない」

「囮《おとり》になった気分がわかるか？」

「わかりませんね。しかし、あなたにはやってもらわなければならない」

「なぜ闘わなければならないのだろうな？　もとはといえば、俺たちが呉俊炎の弟を殺したからなのだが……」

「彼らが日本にやってきて、違法な残留をしていなければ、あんなことは起きなかった……。そう考えるべきではないですか?」

「中国人が日本にやってくるのは、日本に金があるからだ。その日本の豊かさは、もともと中国やその他の国から吸い上げた結果だと思うのだが……」

「そう……。その点は、同意できますね。だが、だからといって、私たちは、無条件に外国人を受け入れるわけにはいかないのです。そうではありませんか?」

「日本は、いまだに鎖国をしているんじゃないか……。そんな錯覚を起こすことがあるよ」

「私たちは、日本の国民を守らなければなりません」

「私たち? それは役人という意味か?」

土門は、その問いにはこたえなかった。

彼は、言った。

「なぜ闘わなければならないかと、あなたは尋ねられた。相手が闘いを挑んでくるからだと考えるわけにはいきませんか? 物事は単純に考えたほうがいい場合が多い」

「どうかな……」

氷室は、それだけ言った。

14

土曜日に麻美が病院を出、ホテルにやってきた。

氷室も麻美も店が休みなので、土日は、部屋でのんびりと過ごした。食事も部屋で摂《と》った。

終日、テレビを見て、ベッドでごろごろし、久しぶりに愛し合った。

麻美が、退屈さに不平を洩《も》らすのではないかと氷室は心配していたのだが、彼女は、おとなしくしていた。

氷室は、麻美にも拳銃を見せていない。麻美を病院に迎えにいく前に簞笥《たんす》の引出しの奥に隠していた。

これから外出するときには、必ず上着を着なければならない。拳銃を隠すためだ。

土門は、ベルトにつけるホルスターを用意してくれた。腰の後ろにつけるタイプで、アメリカの私服司法警察官などが一般的に用いているものだと土門は説明した。

拳銃のことを考えるだけでうんざりした気分になった。

拳銃は闘いの準備だからだ。好むと好まざるとにかかわらず、氷室は闘いに巻き込まれていくことになる。

「ねえ……」

裸でベッドに横たわった麻美が言った。「ここにじっとしていていいの?」

氷室も裸だった。

「いいんじゃないのか? 部屋代は土門が払ってくれる」

「土門さんが、無条件にあたしを助けたり、部屋代を払ってくれたりするとは思えないわ」

「どういうことだ?」

「あなたとの取り引きが成立したんじゃないかと思って」

「取り引き?」

「土門さんは、いろいろと面倒を見てくれる。あなたは、囮役を引き受ける……」

氷室は、ぼんやりと薄暗がりを見つめたまま、ため息をついた。

「そのため息、どういう意味?」

「おまえの頭の回転には舌を巻く——そういう意味だ」

「あら、誰だってそう思うわよ」

「誰だってというわけにはいかない。そんなことを考えない人間は多い」

「丸腰なの？」

「何だって？」

思わず氷室は、麻美を見ていた。

「土門さんは、身を守る武器も与えてくれなかったの？　いくらボクシングと中国拳法が強いといったって、相手は、銃で武装してるんでしょう？」

氷室は、もう一度ため息をついた。

「あら、そのため息も、さっきと同じ意味？」

「そのとおりだ」

氷室は、毛布をめくって起き上がった。脱ぎ捨ててあったトランクスを拾ってはき、壁際の箪笥のところに行った。

引出しの奥から拳銃を取り出す。

「おまえには秘密にしておきたかったんだがな……」

「あら、どうして？」

「何となくな……。そう、おまえは闘いと無縁のところにいてほしかった」

「もう襲われているのよ。とっくに巻き込まれているわ」

氷室は、薄暗がりのなかで、麻美の顔を見た。彼女の顔は、白く浮き出ているような感じに見える。胸まで毛布をかけているが、肩や腕が同じように真っ白に見えていた。

「そういうことだな……」

「銃なんて扱えるの？」

「付け焼き刃だ。できれば、使わずに済ませたいな……」

「なんだか情けない声だわ」

「情けなくもなるさ。俺には、中国マフィアと闘う自信などない」

「でも闘わなければならない。でなきゃ、死んじゃうのよ」

「呉俊炎の弟は、もう死んでいる。そもそもは、あの事件がきっかけだったんだ」

「過去にどんなことがあろうと、誰にだって自分の命を守る権利はあるわ。単純なことよ」

「単純なことか……。土門が同じようなことを言っていた」

「土門さんは、リアリストなのよ」

「俺だって死ぬのはいやだ」

「だいじょうぶ。あなた、自分で思っている以上に、やれると思うわ。その力があると思う」

「どうかな……？」

「本当よ。あなたには、それだけの力がある」

「不思議なもんだ。おまえにそう言われると本当にそんな気がしてくる」

「囮が、こうして部屋の中にじっとしていていいの？　あたしはそれを訊《き》きたかったのよ」

「明日になれば、仕事に出なければならない。向こうから仕掛けてくるさ」

氷室は、自分に言い聞かせるように言った。

「生き延びてやるさ、どんなことをしても……」


明け方近くまでかかった鉄の杭打ち作業で、シャオマーはくたびれ果てていた。ヤンのもとにいれば、香港や上海の黒社会の連中のように楽でいい暮らしができる。彼は、そう考えていた。

だが、実際には、夜半から明け方にかけてハンマーを振るい、汗をかいている。

シャオマーは、腹立たしかった。何もかもが頭にくる。

その怒りが、氷室に向けられていた。

今や、氷室は、シャオマーにとって、単なる仕事のターゲットというだけでなく、怒りのはけ口であり、自分を蔑み辛い立場を強いている日本人の代表となっていた。

いつもと変わらぬ『ハイランド』での仕事が終わり、氷室は、店を閉めた。

すでに、マスターのゲンさんは、店を後にしていた。

ドアに鍵を掛け、振り返ったとたん、氷室は、背筋が冷たくなり立ち尽くした。地上への階段に向かう場所に、三人の男が立っている。

一番前に立っているのは、小柄な男だった。見覚えがある。

その小柄な男が日本語で言った。

「おまえを殺してやる」

その口調には、怒りが感じられた。氷室はその怒りを理不尽なものに感じたが、何も言い返すことができなかった。

小柄な男は、さらに言った。

「地獄にいっても、俺の名前を忘れるな。俺は、シャオマーだ」

シャオマーは、低く身構えた。

左足を前にし、両方の膝を曲げている。上体は、やや前傾しているように見える。

シャオマーは、闘いを挑んでいるのだ。

その構えから、何かの中国武術をやっていることがわかる。

中国では、最近、散打《さんだ》といって、グローブをつけた打ち合いの試合をやる。グローブをつけたとたん、スタイルは、ボクシングのようになり、フットワークを多用するようになる。

しかし、香港映画などの影響か、いまだに中国武術というと伝統的な手法が一般的だった。

また、街中の喧嘩《けんか》では、伝統的な技が役に立つことが多い。

氷室は、シャオマーが挑戦的に構えたことが意外だった。

問答無用で、後ろから銃弾を撃ち込んでくるような事態を予想していたのだ。

氷室は、金縛りにあったような気分だった。腰が浮いたように頼りない。頭に血が上って、のぼせてしまったような感じだった。視界が奇妙にゆがんだ気がする。

魚眼レンズか何かで撮影された映像のようだった。

他のふたりは、手を出す気配はない。その点も氷室にとっては、意外だった。

シャオマーは、一対一で闘おうとしているのだ。

それだけ、腕に自信があるに違いない。氷室は、痺《しび》れたように思考が停滞している頭の隅でそう思った。

氷室は、腰の拳銃を強く意識した。

だが、今はまだ銃を抜きたくない。銃は、切り札だ。最初から切り札をさらすわけにはいかなかった。

シャオマーが、じわりと動いた。

前方にある左足をわずかに前に運んだのだ。

氷室は何かしなければならないと思った。だが、体が思うように動かない。ひどく酒に酔ったときのように頼りない感じだった。

「ハァーッ」

シャオマーが、鋭い気合を発した。

同時に、コンクリートの床を蹴っていた。引き絞った弓から発せられた矢のように、シャオマーの体が飛んできた。

縦にした拳が顔面めがけて打ち込まれる。

拳を食らう。

氷室は、そう思った。その瞬間に、体が勝手に動いた。

彼は、体重を落とし、上体を左に振っていた。拳をぎりぎりでかわしていた。

ボクシングのスリッピングだった。

第一撃をかわされたシャオマーは、すぐさま逆の拳を出した。やはり、拳を縦にしている。

最初の一撃が左、次が右だ。

氷室は、さらに、左側に上体をスイングさせ、左手のパリーで拳をふせいだ。

自然とフットワークを使っていた。

氷室は、シャオマーの斜め後ろに回っていた。

シャオマーは、間合いをとって、再び身構えた。

その眼に、一瞬の驚きが見て取れた。

「俺の攻撃をかわせるやつは、あまりいない」

氷室は、自分の体がうまく動いたことで、何とかやれそうな気分になってきていた。

ここで弱気を見せてはいけない。

ボクシングの試合前の睨《にら》み合いのようなものだ。気合負けするわけにはいかない。

氷室は、言った。

「そうか？　たいした攻撃には見えなかったがな……」

シャオマーの眼に、残忍な喜びの色が宿った。

やはり、彼は、自分の腕に自信を持っている。氷室は、それを実感した。

シャオマーは、再び、前方の左足をわずかに踏み出した。次の瞬間、突進してくる。最初は夢中だったので気づかなかったが、シャオマーの踏み込みの距離は、恐ろしく長かった。

蹴りも届かぬような間合いから、一気に飛び込んでくる。

シャオマーは、やはり左の拳から入ってきた。

氷室は、それをかわす。次に右。まったく同じパターンだ。

氷室は、やはり、パリーでそれを防いだ。だが、次の瞬間、右の拳は、肘打ちに変化していた。

シャオマーは、接近している。

危なかった。肘がまっすぐ、胸に向かって突き出されてきた。氷室は、咄嗟《とっさ》にステップバックした。

それが失敗だと気づいたときは遅かった。シャオマーは、細かな足さばきで、ぴったりと付いてきて突き出した肘を、顎に向かって振り上げてきた。

氷室は、のけ反《ぞ》ってそれを避《よ》けた。それがやっとだった。

不安定な姿勢になった瞬間、シャオマーは、肩口から氷室にぶつかってきた。

ショルダーアタックだ。肩による攻撃や、頭突きは、中国武術では実戦的な技として多用される。

氷室は、ふっとんだ。

腰と肩をコンクリートの床に打ちつけ、もがいた。

街中の喧嘩では、倒すことがかなり有効だ。コンクリートの床やアスファルトの地面が、そのまま武器となる。

後頭部を打ちつけたら、それだけで生命の危険がある。

氷室は、反射的に後頭部をかばっていた。中国武術の稽古のおかげだった。

古今東西を問わず、格闘技では、顔面と頭部を守ることを教えられる。

そのまま攻撃されれば、闘いは終わっていたかもしれない。氷室は、ダメージのために起き上がれなかった。三人で蹴られたら抵抗ができない。やがて、銃弾を撃ち込まれてすべてが終わる。

だが、シャオマーは、黙って見ていた。

氷室が起き上がるのを待っているのだ。

（鼠《ねずみ》をいたぶる猫だ……）

氷室は、そう思った。（この男は、楽しんでいる……）

氷室の頭にようやく血が巡りはじめた。全身が熱くなってくる。今、自分は闘っているのだという実感が、今更ながらに湧いてくる。

怒りが、彼の血に火を点けた。

理屈ではなかった。自分に対して危害を加える者に対する原始的で最も基本的な怒りだった。

その興奮のせいで、全身にアドレナリンがゆきわたった。痛みが遠のく。

氷室は、立ち上がった。

シャオマーは、不敵な笑いを浮かべている。彼は、自信を持っている。

おそらく、数えきれないほどの喧嘩を経験しているのだろうと氷室は思った。

徹底して顔面に拳を繰り出してくるのをみてもそれがわかる。喧嘩で、最初にボディーを狙う者はあまりいない。

ボディー攻撃というのは、長期戦のための技法だ。特に、興奮しているような場合は、人間は、かなりの痛みや苦しさに耐えられる。

腹を殴るのは、ダメージを蓄積させて、スタミナを奪うためなのだ。

喧嘩というのは、短期決戦だ。顔面を攻撃して、意識を絶つか、戦意を喪失させなければならないのだ。

顔面を殴ると、口が切れたり、鼻血が出たりする。その血が相手に与える恐怖の効果も大きい。

さらに、シャオマーは、遠い間合いから、一気に接近戦に持ち込む闘い方をしている。接近戦に自信を持っているというのは、喧嘩が強いことを意味している。

その自信を逆手に取れるかもしれない。氷室は、ふとそう思った。

氷室は、ゆっくりと身構えた。

左足を前にし、両方の膝を曲げて腰を落とす。形意拳《けいいけん》独特の構えで、剪股子《せんこし》という立ち方だ。体重が、両方の足に均等にかかっており、押されても引かれても安定した構えだった。

シャオマーは、余裕の表情のままだった。彼は、言った。

「空手か？　いや、中国武術のようだな……。日本人は猿まねがうまいが、しょせん猿まねに過ぎない……」

シャオマーは、前方の左足をじりっと動かす。

それが、攻撃の癖であることに、すでに氷室は気づいている。

次の瞬間、シャオマーが飛び込んでくる。氷室は、失敗を繰り返さなかった。

後にさがらず、同時に前に出た。体当たりするくらいの覚悟だった。

シャオマーは、大きく両腕を振りながら突進してきた。拳を顔面に叩《たた》きつけようとしている。

氷室は、一歩出ることで、狙いを外した。技が最大の威力を発揮するポイントというのは限られている。そのポイントさえ外せば、当たってもたいしたことはない。

氷室は、一歩出ると同時に掌打《しょうだ》を出していた。

距離が詰まったので、拳よりも掌打のほうが有効だった。

掌打がシャオマーの胸に決まる。

飛び込んできたところをカウンターで打たれたので、驚くほどの威力となった。シャオマーの小さな体は、軽々と後方に吹っ飛んだ。

床にもんどり打って転がり、しばらくは動けないようだった。

氷室は、さっと振り返った。

シャオマーと氷室の位置が入れ代わっていたので、残りのふたりの男たちが背後にいる形になっていた。

片方が殴りかかってきた。

氷室は、怯《ひる》まなかった。相手のパンチを食らうのを覚悟の上でやはり飛び込んだ。拳を突き上げる。形意拳の躦《さん》という技法だが、氷室の得意の拳だった。もともとボクシングをやっている時代から、アッパーが得意だった。躦は、相手の顎を狙う拳だ。

やはりカウンターになったので、相手は、よろよろと後退した。一瞬、体がいうことをきかなくなっているはずだ。

氷室は、狙い澄まして、相手のテンプルに威力のあるロングフックを飛ばした。相手は、ひっくり返った。

最後のひとりは、蹴りを出してきた。

空手の蹴りのように足指のつけ根を使うのではなく、足の裏全体を打ちつけてくるような蹴りだった。

氷室は、まったく同じ技法を使った。

蹴りも突きも同様だった。威力を発揮するポイントを外すことが重要なのだ。

彼は、一歩前に出た。出ながら、拳を顎に突き上げる。

蹴りの場合は、片足の不安定な体勢になっているので、氷室の技の効果は、さらに大きくなった。

相手は、後方にひっくり返り、後頭部を床に打ちつけた。

ふたりが無力化したので、あらためて氷室は、シャオマーを見た。シャオマーは、まだコンクリートの床の上でもがいている。

氷室は、シャオマーを一瞥《いちべつ》すると、倒れているふたりの男をまたぎ越し、地上への階段を駆け昇った。

15

「くそったれ！」

シャオマーは、うめいて立ち上がった。

氷室に打たれた胸の中央に、重苦しい痛みがあった。その痛みを中心にして全身にだるさがはびこりつつあった。

こんなダメージは初めてだった。

幾多の喧嘩を経験したシャオマーだが、どんな喧嘩のあとも、たいていは、ひどい打ち身や挫傷、出血といったダメージだけが残った。

顔面にあざが残ったり、鼻血を出していることも珍しくはない。喧嘩では、顔面を殴り合うことが多いので、首にダメージが残ったり、頭痛が残ったりしたこともあった。

だが、ボディーの一部である胸を打たれてこれほどのダメージが残ったことはなかった。

シャオマーは、中国武術を学んではいるが、そのテクニックを喧嘩に応用しているだけで、本当の威力を身につけるには至っていなかった。もちろん、それでも喧嘩は充分に強い。

喧嘩には、中国武術の本当の威力など必要はない。機転と器用さと度胸が大切だ。あとは、場数をこなせば強くなる。

シャオマーは、功夫《コンフー》という言葉を思い出していた。

中国武術、特に北派の中国武術を、長年にわたり正しく訓練した者だけが得られるという真の威力のことだ。

シャオマーは、功夫などというものは、老人のたわごとだと思っていた。功夫を得るには、気を練るための内功《ないこう》をじっくりやらなければならないと、どこの武術の老師も口をそろえて言う。

喧嘩に内功など必要ないとシャオマーは考えていた。事実、ボクシングの選手は、内功などやらなくても強い。

だが、一方で、六十歳過ぎの中国武術の達人はいるが、六十歳過ぎのボクシング選手はいないのも事実だった。シャオマーは、その点を無視はしていなかったが、じっくり考えようともしなかった。

彼は、今、喧嘩に強ければいいのだ。

結局、中国武術の達人など、自分とは無縁のものと思っていた。

たった一撃で、これほどのダメージを残した氷室の技は、功夫を連想させた。その打ち方も、北派中国武術の名人が多用する掌打だった。

(猿まねのくせに……)

シャオマーは、心のなかでつぶやいていた。

彼は、ヤンが、妙に氷室を警戒していたのを思い出した。

(ヤンさんは、こういうことに気づいていたのだろうか?)

ふとシャオマーは思った。

彼は、よろよろと倒れているふたりの仲間に歩み寄った。

トントンとワン・フーは、一時的に気を失っていたようだが、すぐに意識を取り戻していた。気を失っているのが一時間以内なら、脳への障害はあまり考えなくていいということを、シャオマーは、経験上知っていた。

彼は、ふたりに言った。

「いつまで寝ている。しゃんとしろ」

トントンとワン・フーは、ひどくゆっくりした動きで立ち上がろうとした。

ふたりとも顎に一撃を食らっていたので、首筋が硬直しているようだった。特に、後頭部を床に打ちつけたトントンは、ダメージがひどそうだった。

出直すしかない、とシャオマーは思った。トントンとワン・フーがようやく立ち上がると、彼は、言った。

「帰って、ヤンさんに報告しなくちゃならん……」

彼らは、泥酔したような足取りで階段を昇った。

シャオマーは気が重かった。ヤンに失敗の報告をしなければならない。彼は、さらに氷室への憎しみをつのらせていた。


氷室は、階段を駆け昇ったところで、足を止めた。このまま逃げ帰りたかったが、それでは、また同じことの繰り返しになる。

氷室は、考え直し、建物の陰の暗がりに身を隠した。

そこは、チャンが中国鍼で氷室を襲ったときに潜んでいたのとまったく同じ場所だった。

彼は、そこで、流氓たちが姿を現すのを待っていた。彼らの後をつければ、アジトを見つけられるかもしれないと考えたのだ。

それほど長く待つ必要はなかった。五分ほどで、シャオマーたちが現れた。

彼らは、足元がおぼつかない様子だった。氷室は、彼らの姿を見て驚いていた。自分が彼らに与えたダメージの大きさが意外だったのだ。

実のところ、三人もの流氓に襲われて、切り抜けられたことすら意外なのだ。

やってみなければわからないものだ。氷室は、そんな思いで、三人の後をつけはじめた。

尾行のテクニックなど知らない。だが、それほどの苦労はなかった。流氓たちは、まったく警戒をしていないように見えた。

まさか、氷室がまだ、そのあたりをうろうろしているとは思ってもいないのだろう。

まだ、夜明けまでには、二時間ほどあり、歌舞伎町のなかには酔漢や、若者のグループの姿が見える。

コマ劇場の周辺には、まだ多くの人がいるに違いない。だが、シャオマーたちは、人通りの少ない歌舞伎町のはずれに向かった。

雑居ビル街で、このあたりは、クラブが多く、比較的客の退《ひ》きが早い。

シャオマーたち三人は、雑居ビルの一階にある中華レストランに入っていった。

彼らは、店に入るときだけ、用心深げに周囲を見回した。おそらく、それが習慣になっているのだろうと氷室は思った。

そんな時間までレストランが営業しているとは思えなかった。焼肉屋なら朝まで営業していてもおかしくはないが、手のかかる中華料理を出す店が終夜営業をしているとは考えにくい。

（ここがアジトか……）

氷室は、そう思った。

これからどうすべきか、氷室は考えた。アジトをつきとめただけで満足すべきか。それとも、さらに何か手を打つべきだろうか？

彼は、慣れないことをやっているせいで、興奮していた。何とか冷静に判断しようとしたが、物事の事実関係がうまく把握できない。

こんなことは初めてなのだから、判断できないのも当然といえた。

しかし、なんとかひとりでやってのけなければならないのだ。彼は、歩道の端で佇《たたず》み、考え続けていた。

シャオマーは、奥のテーブルの前に立ったまま、首を垂れていた。

テーブルには、いつものようにヤンがすわっていた。ヤンは、まったくの素面《しらふ》だった。彼は、今夜も酒を飲んでいない。

「ほう……。三人がやつにやられたか」

ヤンは、言った。

シャオマーは、その言葉を下を向いたまま聞いていたので、ヤンがどんな表情をしているかわからなかった。

怒っているに違いないと思っていた。

シャオマーは俯《うつむ》いたままで言った。

「今度は、絶対にへまはやらない……。やつが中国武術をやるなんて思ってもいなかったんだ……」

「中国武術か……」

ヤンは、どこかうれしそうにつぶやいた。シャオマーは、思わず顔を上げてヤンを見ていた。

ヤンは、ほほえんでいた。シャオマーは、ヤンが何を考えているのかまったくわからなくなった。

訳がわからず、不気味な思いをした。

ヤンは、言った。

「面白い男がいたものだ……」

「何が面白いんです、ヤンさん」

「鉄の杭だ」

「鉄の杭……？」

「私たちでさえ知らない理由を、日本人が知っているようだった。でなければ、金を使ってまで、杭を抜いて歩く必要はない……」

「ただ、俺たちのやっていることが気に入らなかっただけかもしれない」

「そうかもしれん。だが、理由を知っていたように思える。もしかしたら、氷室が関係しているのではないかと思ってな……」

「なぜそう思うんです？」

「中国武術の腕は確かなんだろう？」

「そう思います」

「中国の文化に、私たち以上に精通しているのかもしれない。何せ、中国は革命以来、伝統的な中国文化を否定してきた。私たちは、多かれ少なかれその影響を受けている」

「氷室が、俺たちより、中国の伝統的な文化に通じているというのですか？」

「さあな……。だが、中国武術の腕がたしかだというのだから、そう考えてもおかしくはない。呉俊炎は、中国の伝統的なものを大切にしているように見える。おそらく、鉄の杭は、そうした中国の伝統的な意味があるのではないかな……」

「そんな……。俺たちは、間違いなく中国人だ。だけど、俺たちには、あの杭の意味などわからない。氷室が意味を知っていたとしても、それは中国の文化なんかには関係ないと思うけど……。いや、それ以前に、杭の意味を氷室が知っていると考えるのはどうかと思いますね……」

「そうかな……。私たちは、中国の伝統文化をないがしろに生きてきた。そんな気がする」

「新しい中国人なのですよ」

「確かめてみたいな……」

「何をです?」

「氷室が、あの鉄の杭の意味を知っているかどうか……」

「俺たちが、呉俊炎から命令されているのは、氷室を殺すことですよ」

ヤンは、ほほえみを消し去った。彼は一転して、厳しい眼でシャオマーを見た。シャオマーは驚き、すくみ上がった。

「私たちは、命令されているわけではない。これは、取り引きだ。呉俊炎は、私に命令できるような立場にはないのだ」

「でも……。この歌舞伎町を俺たちのものにするためには、呉俊炎の力が必要だって……」

「たしかに、私はそう言った。便宜上、私は呉俊炎の下につくような形を取っている。だが、あくまで、私は、呉俊炎を利用しているだけだ。その点を忘れるな」

「はい……」

店のなかには、シャオマー、トントン、ワン・フーのほかに、マーを中心とするメンバーが三人いた。合計で、七人いる。その六人の手下が、皆ヤンを見つめていた。

シャオマーと同様、他の五人も、意外そうな表情をしている。

ヤンは言った。

「私には、呉俊炎の金と社会的立場が必要だ。呉俊炎は、香港の黒社会にも通じている。だから、今のところ、私は、彼の言いなりになっている。だが、この歌舞伎町で力をもっているのは、私だ。呉俊炎ではない」

「わかりましたよ、ヤンさん」

シャオマーは、ヤンの真意を測りかねていたが、やがて、にやりと笑って見せた。

「本当のところ、俺はヤンさんがそう言ってくれるのを待っていたような気がする」

「シャオマー。氷室を殺すことに失敗したことはたしかに問題だ」

「すいません……」

「だが、かえってよかったような気がする……」

「どういうことです……？」

「私は、氷室という男に興味が湧いてきたんだ」

「興味が湧いてきた……？」

「氷室という男は、呉俊炎の弟の仇《かたき》だという話だ。氷室と呉俊炎の間に何があったのか、私は正確には知らない。私たちは、敵討《かたきう》ちをやらされているんだ。私自身は、氷室に怨《うら》みも何もない」

「氷室は日本人だ」

シャオマーは、憎しみを込めて言った。「それだけでも、俺はやつを怨むことができる」

「だがな、氷室は、私たちが忘れてしまった中国の文化を理解しているかもしれない。中国武術の腕がそれを語っているような気がする」

「それが何だというんです？」

「シャオマー。この街が、リトル・チャイナになったとしても、それは、日本のなかにあることは間違いないのだ。私たちを理解してくれる日本人がいたほうがいいにきまっている」

「どうしようというんです?」

「わからんよ、私にも。ただ、一度、話をしてみたいと思ってな……」

シャオマーは、もう一度、仲間たちの顔を見回した。誰もがシャオマーと同じように、ヤンの気持ちを理解できないような表情だった。


氷室は、決心をした。夜が明けぬうちに、ある程度の結論を出さなければならない。

どう考えても、単身で敵のアジトに乗り込むわけにはいかない。

だが、ここで引き返したのでは何の解決にもならない。味方もいない。

唯一の方法は、敵を誘い出すことだった。彼は深呼吸してから、中華レストランのドアの前に立った。

ドアの把手《とって》に手を掛ける。

その把手を一気に引いた。

店の中はがらんとしていた。だが、奥のほうに人の気配がする。

氷室は、北京語で叫んだ。

「おまえたちが狙っている男は、ここにいる。だが、おまえたちの思いどおりにはならない」

とたんに、奥のほうが騒がしくなった。

最初に姿を現したのはシャオマーだった。続いて、氷室を襲撃しにきたふたりの仲間が見えた。

「野郎！　ふざけやがって！」

シャオマーにもふたりの仲間にもすでにダメージの様子は見られなかった。彼らにとって、殴り合いなど日常なのだ。

シャオマーが、歩み寄ってくる。

氷室は、戸口に仁王立ちになっていた。シャオマーがどんどん近づいてくる。

突然、氷室は、身を翻して駆け出した。アジトに引きずり込まれてはなす術《すべ》がない。

彼は、一度、区役所通りの方向に走り、不意に角を折れて細い路地に飛び込んだ。

シャオマーたちが、何事か叫びながら駆けてくる。

何人くるかはわからなかった。氷室は、全力で逃げ、路地に入ったとたん、ポリバケツの壁にうずくまって身を隠した。

息が切れた。汗が背中を伝うのがわかった。

何人かが駆けてくる足音が聞こえる。

一度、路地を通り過ぎてから、また戻ってきたようだ。

ポリバケツの陰から、そっと様子をうかがう。

路地にひとりだけ入ってきた。手分けをして氷室を探しているのだ。

大柄な男だった。

氷室は、相手が近づくのを待った。ぎりぎりまで引きつけておいて、突然、ポリバケツを突き飛ばして立ち上がった。

ポリバケツは、勢いよく飛び出し、相手の下半身に当たった。相手を驚かす役には立った。

氷室は、そのポリバケツを飛び越えるようにして相手に接近し、顔面に掌打を見舞った。

その一撃で、相手の動きを止める。すかさず、拳で水月《すいげつ》を打つ。みぞおちの急所だ。

相手は、くぐもったうめき声を上げて、体を前に折った。

その動きを迎え撃つように、氷室は、蹴《さん》を顎に突き上げた。

その三つの攻撃は、一呼吸の間に行われた。

大柄な流氓のひとりは、ゆっくりと崩れ落ちていった。

奇襲が成功したことで、氷室は、自信を深めつつあった。

倒れた相手をまたぎ越して、路地の入口に向かう。

別の男が、明るい通りを戻ってくるところだった。無防備に近づいてくる。自分たちが複数なので安心しているのだ。

氷室は、路地を覗き込もうとしたその男の襟首をさっと捕まえた。驚きの声を上げようとするその相手の顔面を膝に叩きつける。

相手は、声を上げることができなかった。顔面に受けた激しい衝撃のため、男の体が崩れていこうとする。

氷室は、襟首を摑《つか》んだまま男の体を引き上げ、さらに、ボディーブローを一発叩き込んだ。ボクシングのテクニックだった。

突き放すと、男は、よろよろと後退した。半ば意識を失っている。

氷室は、その男の顎に蹴りを飛ばした。中国武術で蹴《しゃく》と呼ばれる、爪先で蹴り上げる蹴りだ。

相手は、のけ反ったまま倒れ、動かなくなった。

誰かが駆けてくる足音が聞こえ、氷室は、さっと振り返った。路地の入口のビルの角に身を隠す。

駆けてきたのはシャオマーだった。

物音が聞こえたので近づいてきたのだろう。彼が三人のうちのリーダーであることは見ていてわかった。

氷室は、シャオマーを捕まえることにした。その上の人間と話をつけるためにも、人質とする必要がある。

氷室は、拳銃を抜いた。

シャオマーが言った。

「どうした？　トントン、ワン・フー」

シャオマーの姿が路地の入口に見えた。氷室のすぐそばだった。

氷室は、右手にSIGザウアーを持ち、左手でシャオマーに手を伸ばした。

肩口を捕まえて斜め後ろにぐいと引く。

同時に足を掛けていた。

不意を衝《つ》かれたシャオマーは、地面に尻餅《しりもち》をついてしまった。氷室は、その額にSIGザウアーの銃口を向けた。

シャオマーは、目を見開き、動きを止めた。彼らは、銃の恐ろしさを日本人よりはるかによく知っている。

「北京語はわかるな？」

氷室が尋ねた。

シャオマーは、がくがくとうなずいた。

「よし、ゆっくりと立って、俺をおまえのボスのところに案内するんだ」

シャオマーは、すぐには動かなかった。

氷室は苛立《いらだ》った。声を大きくして命じた。「早くしろ！」

そのとき、背筋に嫌な感じが走った。首筋がぞくりとする。

背後に人の気配がする。そう気づいたときには、遅かった。

首の斜め後ろに激しい衝撃を感じた。目の前が一瞬まばゆく光り、膝の力が抜けた。

16

背後から殴られたのだと、気づくまでに時間がかかった。

視界が真っ白に光った直後、無数の星が、隅のほうに流れて散っていく。そのゆがんだ視界の中に、シャオマーの顔が大写しになった。

氷室は、突然、右手に鋭い感覚を感じた。灼熱《しゃくねつ》感に似ており、それが、すぐに苛々するような感覚に変わった。

痛みであることに気づいたのはその後だった。

氷室は、拳銃を取り落としていた。

シャオマーがその拳銃を拾おうとした。

相手に拳銃を渡してはいけない。

氷室は、そのことだけを考えていた。頭脳は活動を停止しようとしており、他のことは考えられなかった。

氷室が拳銃に取りつこうとすると、耳のあたりに再び激しい衝撃がきた。

シャオマーが蹴ったのだった。

痛みのためにうずくまるというより、体がいうことをきかなかった。

学生時代にリングで何度も経験したことだった。パンチを何発も食らうと、戦意はあっても体が動かなくなる。

泥の中を泳いでいるような感覚だ。視界が揺れる。

シャオマーが拳銃を手にした。

後ろに立っている男が、氷室の服をつかんで無理やりに立たせようとした。

氷室は、膝に力が入らなかった。ただ相手のなすがままだった。

「しっかりおさえていろ、マー」

シャオマーがそういうのが聞こえた。北京語ではなかったが、なんとか氷室は理解できた。

マーと呼ばれた男が、氷室をはがい締めにした。

シャオマーは、左手に拳銃を持ち替えると、右のパンチを氷室の腹に叩き込んだ。

腹のなかで何かが爆発したように感じられた。息ができなくなる。

氷室は、つり上げられた魚のように、口を開閉した。空気を求めているのだ。その口から涎《よだれ》が垂れた。

ようやく、呼吸ができるようになったときに、また同じように腹を殴られた。

同じ苦しみがやってくる。

さらに、シャオマーは、顔面を殴った。

視界が吹っ飛び、鼻の奥できなくさい臭いがする。腰がすうっと浮いていくような気がする。

マーが手を放し、後ろから突き飛ばした。氷室はよろよろと前方に歩み出た。

シャオマーが氷室の体を抱き止める。次の瞬間、シャオマーは、氷室を突き飛ばした。再び、誰かが氷室の体を支えた。

そして、顔面に激しい衝撃。

意識が混濁してきた。

相手が何人いるのかもわからない。すでに戦意は消失している。感じているのは、激しい疲労感だけだ。スタミナが尽きていた。

（練習不足だというのか……）

夢を見ているような状態で、ぼんやり氷室は考えていた。（あれだけ、コーチにしごかれ、先輩にしごかれたというのに……）

彼は、自分がリングにいると錯覚しはじめていた。

（レフェリーは、なぜ止めない……）

やがて、氷室は、違和感に気づいた。

（いや、レフェリーはいないんだ……）

何発もパンチを食らい、ついに、氷室は地面にくずれ落ちた。

そのまま眠ってしまいたかった。意識の火が消えかかっている。

全身がだるく、もう動くことができない。額に、奇妙な感覚があり、束《つか》の間《ま》意識がはっきりした。

何か固くて冷たいものが押し当てられている。

「死ね。日本人」

誰かがそう言った。

シャオマーだった。額に押しつけられているのは拳銃だった。

死ぬだって？

氷室は自問していた。

誰が死ぬんだ？

体の奥底から湧き上がってきたものがあった。ひどく不快だった。

それは恐怖だった。

生命の危機に対する根源的な恐怖。

そして、麻美の顔が頭の片隅をよぎっていった。ひどく切ない気分になった。寂《せき》寥《りょう》感が胸を満たす。

いやだ……。死にたくなんかない……。

シャオマーの指は、引き金にかかっている。本気で撃つ気だった。

最後の抵抗を試みようとした。

しかし、弱々しくもがくのが精一杯だった。

「やめろ、シャオマー」

どこかで声がした。

「ヤンさん……」

シャオマーが言った。

「銃を下ろすんだ」

「でも……」

「いいんだ。早くしろ……」

氷室は、額から、禍々《まがまが》しい感触が去るのを感じた。

見たことのない男が近づいてきて、氷室を覗き込んだ。氷室は、狭まっていく視界のなかにその男の顔を捉えていた。

「連れてこい」

その男は、言った。

限界がきた。氷室は、意識を失い、闇の底に沈んだ。


ひどく不快な気分で目を覚ました。寝苦しく悪夢にうなされたあとのようだった。

寝返りを打とうとして、氷室は思わずうめいた。

全身が痛んだ。力を入れたとたん激しい筋肉痛のような感じで体中がきしみ、思わずぐったりと力を抜いていた。

熱があるみたいにぼうっとしている。

氷室は、目を開けた。

そこがどこかわからなかった。当然、自分の部屋のベッドで目覚めるものと思っていた。

次に、彼は、部屋は火事でなくなり、ホテルに泊まっていたことを思い出した。しかし、ホテルの部屋でもなかった。

寝ているのはベッドでもない。床の上だった。妙に油染みた床だった。

そして、ついに彼は、眠っていたのではなく、流氓たちと闘い、力尽きて気を失ったことを思い出した。

氷室は、のんびりと横たわっている場合ではないと思った。体中が痛んだが、なんとか身を起こそうとした。

「気がついたかね……」

日本語でそう尋ねる声が聞こえた。

氷室は、はっとそちらを見た。

気を失う直前に見た顔の男が、椅子にすわって氷室のほうを眺めている。その周りには、シャオマーや、ほかの流氓たちがいた。

「ここは、おまえのアジトか？」

氷室は、男に向かって北京語で尋ねた。

「ほう……。やはり、おまえは、中国の言葉をしゃべるのか？」

「話せる」

「質問にこたえてやろう。ここは、私のオフィスだ。今は、単なる中華レストランの片隅だが、そのうち近代的なオフィスに変わるかもしれない」

「名前を教えてくれないか？　中国人は、礼儀を重んじるのだろう？」

「これは失礼した。私は、ヤンと呼ばれている。本名は捨てた」

「俺はてっきり殺されるものと思っていた。俺の同僚三人はすでに殺されている」

「むろん、それが私の役割だった。だが、いろいろと尋ねたいことがあってな……」

「尋ねたいこと……？」

「シャオマーの話によると、おまえは、中国武術を身につけているという。それもかなりな腕のようだ。どこで学んだ？」

「台湾に二年ほどいた。そこで、中国のさまざまな文化を学んだ」

「中国武術や北京語もその一環というわけか？」

「北京語は、台湾に行く前から学んでいた。台湾語は得意ではないが、北京語ができたので台湾でもそれほど苦労はしなかった」

「私たちは、歌舞伎町の周辺に鉄の杭を打って歩いた。おまえは、その理由を知っているか？」

「たぶんね……。風水だろう？」

「風水……」

「おそらく、地の気を遮断する目的だったはずだ。池を作っていたのも同じ理由からだろう。一度、地の気を絶って、歌舞伎町を衰退させ、スラムに近い状態にしてから、その後に池に水を張って地の気を呼ぶ……」

「歌舞伎町をスラムに……？」

「それが目的だろう？　そうなれば、治安は悪化し、犯罪と暴力がはびこる。力を持つ者が支配できる」

「だが、闘いのなかで、多くの犠牲が出るかもしれないな……」

「それは覚悟の上でやってるんじゃないのか？」

ヤンは、しばらく何事か考えていた。

氷室にとってその沈黙は不気味だった。

「私たちは、捨て石にはなりたくないな……」

ヤンは、つぶやくように言った。氷室は、手下たちの顔を見た。わずかに困惑が見て取れた。

氷室には、ヤンのつぶやきの意味がわからなかった。

「俺も風水を学んだ」

氷室は、沈黙に耐えかねるように言った。「しかしな……、鉄の杭を打ったり、池を作ったりしただけで、街の衰退や繁栄をコントロールできるとは思えないな……」

「だが、それを信じている者がいる……」

「呉俊炎のことか?」

ヤンは、冷たい眼を氷室に向けただけで、何もこたえなかった。

氷室は言った。

「呉俊炎は、たしかに風水を参考にして成功したのかもしれない。だが、結果的にそうなったに過ぎない。風水は万能ではないのだ」

ヤンはまだ思案顔だった。

「私たちは、鉄の杭や池を作る理由を教えてもらえなかった。なぜだろうな……?」

氷室は、眉をひそめた。

ヤンは、なぜそんなことを自分に尋ねるのだろう。彼はまずそう考えた。氷室は、無難なこたえを探した。

「当然おまえたちが知っているものと思ったんじゃないのか？」

「いや。私は、理由を尋ねた。だが、こたえてはもらえなかった。もちろん、私も中国人だから風水がどんなものであるかは知っている。だが、風水は家を建てるときの方角だとか、近くの川の流れだとかを見るもので、鉄の杭を打ったり、池を特別に作ったりという知識などない。それは、風水の特別な知識なのだ」

「ならば、考えられることはひとつだ」

「何だ？」

「あんたたちを利用しようとしたんだ。この歌舞伎町を徹底的に荒廃させるためにな……。すでに、あんたたちは、日本の暴力団をひとつ歌舞伎町から追い出した。だが、日本の暴力団を甘く見てはいけない。ひとつの組を追い出したら、その縄張りを巡って別の組が進出してくる。あんたたちは、その果てのない闘いに引きずり込まれてしまったんだ」

ヤンは、また黙り込んだ。

シャオマーは、ヤンを見ていた。他の手下たちも同様だった。

シャオマーは、ヤンに言った。

「こいつは日本人だ。いいかげんなことを言っているだけですよ。呉俊炎は、中国人です。私たちをそういうふうに利用するはずはない」

ヤンはシャオマーを見ずに言った。

「どうかな……。あれだけの金持ちになるためには、いろいろな人間を犠牲にしなければならないはずだ」

「ヤンさん……」

「こいつの言うことは、理屈に合っている。私は、利用されるだけ利用されて、誰か他の人間にうまい汁を吸われるのは我慢できない」

「でも、歌舞伎町が俺たち中国人のものになれば……」

「この東京で、そんなことが本当に可能だと思っているのか？」

氷室は、シャオマーに向かって言った。不思議なことに、今、彼は恐怖を感じていなかった。

「日本の管理体制はあんたたちの想像以上だ。ゲリラには、限界がある。そして、日本のヤクザたちだって黙ってはいない。今歌舞伎町にいる日本の経営者たちだって、いろいろな手を打つだろう」

「うるさい」

シャオマーが言った。「おまえがよけいなことを言うから、ヤンさんが……」

シャオマーは、拳銃を氷室に向けた。氷室が持っていたSIGザウアーだった。

ヤンが立ち上がり、シャオマーの腕をつかんだ。シャオマーは驚いたようにヤンの顔を見る。

ヤンは、シャオマーの手から拳銃を取り上げた。シャオマーは逆らえなかった。

「ヤンさん……」

「シャオマー。私がどうしたというんだ？　弱気になったと言いたいのか？」

「そうです。歌舞伎町にチャイナ・タウンを作るという夢はどうなったんです？」

「私は、この街で何とかやっていきたい。だが、闘いに明け暮れてそのうち使い捨てにされるのはごめんだと言っているのだ」

「呉俊炎は、そんな人じゃありません。彼は俺たちと同じ中国人なんだ」

「ならば、どうして、この街にやってきて、いっしょに行動しない？　自分の仇を自分で討とうとしないのはなぜだ？」

ヤンの口調は、あくまでも静かだった。まるで、自分に問いかけているようだった。

シャオマーはこたえられなかった。

ヤンは、立ったまま氷室のほうを向いて言った。

「私は闇雲に闘ってきた。それが、将来の夢につながると考えていたからだ」

　氷室は、かぶりを振った。

「日本の社会というのは、あんたが考えているより成熟している。いい意味でも悪い意味でもな……。つまり、変化が起きにくい。多少の暴動や混乱は、すぐに呑《の》み込んで、もとどおりにしてしまう」

「ならば、呉俊炎が私にやらせたことは何だったんだ？」

「さっきあんたが言ったとおりだろう？」

「私が言った？」

「あんたは、捨て石になりたくないと言った……」

「呉俊炎が、私を捨て石にする……」

「たしかに、あんたがヤクザを追っ払ったり、中国系の店の用心棒をやって暴れまわるおかげで、歌舞伎町の治安は悪くなっている。呉俊炎は、その混乱が目的だった。混乱が極にきたところで、彼が登場するわけだ。彼は、立場を利用して、日本の当局と結び、歌舞伎町に乗り込んでくる」

「乗り込んできて、どうするつもりだ？」

「さあね。それはわからない。だが、想像はつく。表では、いくばくかの投資をして、中国人の生活を正常化させるための施設を作る。それは、テナントのビルでもいい。そこは、まさに、リトル・チャイナ・ビルということになる。裏では、徹底的に流氓たちを弾圧して配下におさめる。それくらいの力はあるのだろう？」

「いざとなれば、香港の黒社会をかなり動かせるという話だ」

「あんたは、日本での足掛かりに過ぎなかったのかもしれない。呉俊炎は、合法的にしかも安全に歌舞伎町での利権を手に入れる。あの池は、そのための記念となるかもしれないな。呉俊炎は、ビルの候補地としてあの空き地を狙っているのかもしれない。ちゃんと造成しなおした池がビルの前にできる……。それは、呉俊炎お気に入りの風水にも合致している」

「あの鉄の杭は……？」

「もちろん、風水の考えに則《のっと》ったものだ。だが、一方で、区役所その他とあんたたちがいざこざを起こすきっかけにもなる。混乱を助長させるための手段のひとつだ。おそらく、その双方の意味を、呉俊炎は考えている」

ヤンは、手にした拳銃を眺めながらぼんやりと考えていた。

やがて、彼は言った。

「おまえは頭がいい」

ヤンはゆっくりと拳銃を氷室に向けた。そのときのヤンの眼は、ぞっとするほど冷たかった。

「頭がいいやつは、しばしば人を欺《だま》そうとする。私と呉俊炎の間を裂こうとして、そういうことを言っているとも考えられる。私は、そういう人間を許さない」

氷室はぞっとした。だが、闘う前のような恐怖は感じなかった。

氷室は、ヤンを見返して言った。

「この場で、うまい嘘を考えつけるほど、俺は度胸も頭もよくない。今言ったことは、考えられる限りの、俺の推測だ。正しいかどうかは、あんたが判断すればいい」

ヤンは、じっと氷室を見つめている。銃口をそらそうとはしない。ヤンの指が引き金にかかる。

薬室にカートリッジが入っているかどうかはわからない。しかし、入っていると考えるべきだ。スライドが閉じているときは、常に薬室に弾が入っていると考えるべきだということを氷室は、すでに学んでいた。

ＳＩＧザウアーは、安全装置のレバーがついていない。引き金を引けば安全装置が外れて弾が飛び出すのだ。

思わず唾を呑み込んでいた。だが、氷室は、ヤンを見つめていた。自分は、おそらく正しいことを話したという自信があった。そして、氷室が言ったことは、ヤンの損にはならなかったはずだ。

手下たちは、身動きもせずに成り行きを見守っている。

やがて、ヤンは、指をトリガーから外し、銃を下ろした。

ヤンは言った。

「私も、自分のことを頭の悪い人間だとは思っていない。おまえのいうことを検討したが、どうやら、嘘をついているとも思えない……」

氷室は、全身から力が抜けるのを感じた。ヤンは、拳銃をベルトに差すと言った。

「だが、呉俊炎が私を捨て石として利用しようとしているという証拠もない。今、おまえを放り出すと、私が呉俊炎を裏切ったことになる」

ヤンは、シャオマーに命じた。

「電話をよこせ。こいつの始末は、呉俊炎本人につけてもらおう」

17

ホテルの部屋で帰りを待っていた麻美は、三時を過ぎても氷室が帰らないので不安を感じはじめた。

四時になり、いてもたってもいられなくなってきた。彼女は、退院してから、ずっと体の調子が悪いと言って店を休んでいた。

ついに、五時になり、彼女は何か行動を起こさずにはいられなくなった。

まず、『ハイランド』に電話を掛けた。電話には誰も出ない。警察に掛けようかと思ったが、何と説明していいかわからなかった。婚約者がまだ帰ってこないというのは、あまりに間が抜けているし、警察だって取り合ってはくれないだろう。

麻美は、土門に連絡を取るべきだと考えた。

だが、彼女は、土門の電話番号を知らない。法務省に電話をしたが、誰も出ない。

麻美は、考えた末、ホテルのドアを開けた。廊下には誰もいない。

大きく深呼吸すると、彼女は大声で言った。

「土門さん！　あたしよ。いるなら、顔を出して」

ホテルの従業員が飛んでくるより早く、向かいの部屋のドアが開いた。

赤い眼をして疲れ切った様子の土門が顔を見せた。

「やっぱり……」

麻美は言った。「近くにいてくれると思ったわ」

土門は、しっと唇に人差し指を立てると、部屋を出た。彼は、麻美がいる部屋にやってきて、一度、廊下の様子を見るとドアを閉ざした。

「驚きましたね……」

土門は言った。「こっそり護衛しているつもりだったのですが……」

「火事のときの教訓よ。きっと、土門さんは近くにいると思ったの」

「どうしました？」

「氷室さんがまだ帰ってこないの。『ハイランド』に電話したけれど、誰も出ない」

土門は、無駄なことは一切言わなかった。彼は、電話に歩み寄り、素早い手つきでダイヤルした。

相手が出ると、土門は言った。

「呉俊炎の部屋に変化はありませんか？　……わかりました。監視を続けてください。氷室さんがまだ戻りません。何かあったら、すぐにこちらに知らせてください」

土門は電話を切った。

「まだ、呉俊炎と氷室さんは接触していないようですね」

「でも、歌舞伎町の連中がいるでしょう。実際に手を出すのは、やつらでしょ」

「私たちは、バックアップはできます。ですが、歌舞伎町のなかのことに関しては、すべて氷室さんにおまかせしてあるのです」

「誰も助けられないということ？」

「そう。氷室さんひとりでやってもらわなければなりません」

「彼は、素人なのよ」

「ただの素人ではありません。それに、どんなベテランも最初は素人です」

「訓練だって受けてないわ」

「射撃の訓練は受けました。格闘技に関しては問題ないと、私は考えています。いいですか。こうした活動には、マニュアル化された訓練などあまり役に立たないのです。すべては、機転の勝負です」

「こうした活動って、非合法活動のことを言ってるの？」

「そんな言葉をご存じとは思いませんでした。いえ、非合法活動ではありません。ちょっとした内偵です」

「ここに、じっとしている気にはなれないわ」

「じっとしていなければならないのです。知らせを待たなければなりません。どういう結果になるにせよ……」

「いやな言い方ね」

「では、言い方を変えましょう。氷室さんが帰ってくる場所には、あなたがいなければならない。さ、腹を据えて彼の帰りを待つのです」

「腹を据えてね……」

それしかないかもしれない。麻美は、そう思った。

電話が鳴ったのは、夜が明けようとしている時刻だった。

呉俊炎は、即座に目を覚ました。彼は、いついかなるときでも電話には自分で出た。ビジネスチャンスはいつあるかわからない。

二十四時間、彼は、電話に出る心構えがあった。

「何だ？」

彼は言った。

「ヤンです。氷室という男を捕らえました」

「捕らえた？　それはどういう意味だ。私は、殺せと命じたはずだ」

「そういう依頼を受けました」

ヤンは、依頼という言葉を強調した。「しかし、あなたは、仇を討とうとしている。違いますか？　ならば、最後のひとりは、ご自分の手で始末をつけてはどうかと考えたのです」

「必要ない。殺せ」

そう言ってから、呉俊炎は、考え直した。ヤンの言うことももっともだと思った。相手に怨みの言葉も浴びせずにすべてが終わってしまっては、いまひとつ気分が晴れない。

「いや、待て。今、どこにいる？」

「私たちのアジトです。歌舞伎町の中華レストランです。迎えの者をホテルの前に待たせてあります」

「手回しがいいな」

呉俊炎は、段取りのよさが気に入った。「わかった。すぐに行く。迎えの人間の名前は？」

「マーといいます」

呉俊炎は、電話を切った。

続き部屋のドアを開けると、すぐそばに護衛が立っていた。護衛は、電話のベルと呉俊炎の話し声に気づき、待機していたのだ。

「出掛ける」

呉俊炎は言った。「銃を用意してふたり付いてこい」

電話を切ったヤンは氷室を見て言った。

「さて、呉俊炎がここにやってくる。感激の対面だ。命乞いの言葉を考えておいたほうがいい」

「命乞いより、謝罪が先だな……」

「謝罪……？」

「俺たちは、呉俊炎の弟を殺した」

「ならば、呉俊炎は許すまいな……。なぜ殺した？」

「俺は入管にいた。入管で呉俊炎の弟をリンチにした。弱っていた呉の弟は、心臓が持たなかったんだ」

ヤンの瞳に憎しみの色が浮かんだ。

「それは謝罪では済まない」

「わかっている。俺は、これまで、ずっとその記憶に苛《さいな》まれてきた。これからもそうだろう」

「この先は悩まずに済むかもしれない。今日、ここで死ぬかもしれないからな」

「俺は、その事件がきっかけで入管を辞めた。わかっている。俺が入管を辞めたからといってどうなるものじゃない。だが、俺は、勤めてはいられなかった。呉の弟が死んだことはたしかに問題だが、問題はそれだけじゃない。今もそういうリンチが続いているかもしれないということだ。そして、リンチをする入管の体質だ」

「知っているか？　入管だけではない。日本人は、常に私たち中国人や他のアジアの国の人々に、精神的リンチを繰り返しているんだ」

「そうかもしれない。理解し合えないことが問題なのだ」

「日本人は私たちを理解しようとしない」

「わかっている」

「だが……」

ヤンは言った。「おまえは、中国の言葉を話し、中国の武術や風水を学んでいる。なぜだ？」

「俺は、同じあやまちを二度と繰り返したくない。俺が理解していることを、日本の友人にも話して聞かせたい。そう考えていたのだが……」

「呉俊炎に殺されては、その努力も無駄になったということだな」

「そういうことらしいな……」

ヤンは、鼻で笑った。

「おまえは、俺たち中国人が皆日本から出ていけばいいと考えているのか？」

「どうでもいい……」

「どうでもいい？」

「俺は、入管にいた。その頃は、不法残留や不法入国を厳しく取り締まるべきだと考えていた。それが役目だったからな……。だが、今は、どうでもいいと考えている。今に、まったく逆の世の中がくるかもしれない。中国は目覚ましい経済発展を続けている。いずれ、俺たちが、上海や香港、アモイなどに出稼ぎにいくかもしれない。知っているか？　日本のなかでも東北地方などの農家の人々は、農閑期に東京に出稼ぎにこなきゃならないのだ」

「俺たちが新宿に住んでいても気にならないというわけか？」

「日本に住むルールさえ守ればな……」

「それでは、私たちは生き延びていけないのだよ」

「あんたが、歌舞伎町をチャイナ・タウンにする夢を持っているのと同様に、俺は、この街に住む人間すべてが安心して暮らせることを夢見ている。外国人も含めて……」

ヤンは、しばらく氷室を見つめていた。その眼に表情はなかった。やがて、眼をそらすと、ヤンは、それきり口を閉ざした。

土門の胸で、携帯電話の呼び出し音がした。土門は、即座に電話に出た。

「わかりました」

それだけ言って、電話を切ると、土門は麻美に言った。

「呉俊炎が動きました」

「誰が監視しているの？」

「私の部下です」

「どうして、その人たちを使わずに、氷室さんを使ったの？」

「私の部下が？」

土門は驚いたように言った。「事務仕事しかしたことのないような連中ですよ」

「そんな連中に監視や尾行をまかせてだいじょうぶなの？」

「それくらいのことはできますよ。問題はその後です」

彼は、部屋の出入口に向かった。「失礼。これから、いろいろと込み入った電話をしなければならないので、部屋に戻ります。今度何かあるときは、廊下に向かって叫ぶのではなく、部屋に電話するかノックするかしてください」

土門は出ていった。

「正体のわからない男だわ……」

麻美はつぶやいていた。


マーの案内で呉俊炎が店に入ってきたとき、氷室は、まったく別人かと思った。それくらいに印象が違っていた。

呉俊炎は、エネルギーに満ち溢《あふ》れていた。仕立てのいい背広を着ており、高級そうなネクタイをしている。肉付きがよくなり、血色もよかった。

ふたりの護衛を連れている。護衛は、そろいの紺のブレザーを着ているが、顔つきからして物騒な類《たぐい》の男たちらしかった。

ヤンは壁際に立っていた。氷室は、椅子にすわらされている。

氷室は、立ち上がった。殴られたり蹴られたりしたところが痛んだが、それが礼儀だと感じた。

呉俊炎は、目を細くして氷室を眺めた。

「覚えているぞ。こいつは、私を押さえつけていた男だ……。見たところ、かなり痛めつけられたようだな……。だが、私の弟はもっと酷《ひど》い目にあったんだ」

「どんなに謝っても足りないことはわかっている。だが、俺は、謝罪する。本当に済まなかった」

氷室が北京語でそう言ったので、呉俊炎は、ちょっと驚いた。

「言葉がうまくなったな……。たしか、入管にいるころは、片言だったはずだが……」

「しばらく台湾にいた」

「そんなことはどうでもいい。謝罪すると言ったな。本当にその気持ちがあるのなら、弟を返してくれ」

「本当にそうしたい気持ちだ」

呉俊炎の顔がたちまち怒りのために赤く染まった。眼がぎらぎらと光りはじめる。

「ふざけるな。おまえなどに私の気持ちがわかってたまるか」

「その点に関しては……」

ヤンが割って入った。「この男も、それなりの思いはしたはずです」

呉俊炎は、ヤンを見た。

「どういうことだ？」

「私の手下が、この男の部屋を焼き、その際にこの男の婚約者を殺しました」

氷室は、あえて訂正しなかった。麻美は生きているがそれを彼らにここで教えてやる必要はない。

「ほう……」

呉俊炎は、かすかにほほえみを浮かべた。彼は、氷室を見た。「だが、それでも私の気は済まない。おまえには死んでもらう。おい、ヤン。こいつを殺すんだ」

「自分では手を汚さない。そういうわけですか？」

呉俊炎がゆっくりとヤンを見た。

「おまえは、私の命令に従っていればいいのだ」

「意味のない命令には従えませんね」

「何だと？」

「いいですか、呉さん。これは、取り引きだ。あなたと私の双方にメリットがなければならない。一方的に利用されるのは御免ですね」

「私がおまえを利用しているだけだというのか？」

「うかがっておきたいことがあります」

「何だ？」

「あの鉄の杭や、池のことです。氷室は、あれが風水的なものだろうと言いました。そうなんですか？」

「この男がそう言ったのか？　たしかにそのとおりだ」

「鉄の杭は、地の気を遮断するためのもの。池は逆に地の気を呼ぶためのものだと、氷室は言った。これは、正しいのですね？」

「そうだ。なぜ、この男がそんなことを知っているのだ？」

「そんなことはどうでもいい。問題は、そんな非現実的なことのために、私たちが危ない橋を渡らなければならなかったということなんですよ」

「風水は非現実的などではない。実際、私は、風水のおかげで現在の財を成したのだ」

「あんたは信じていても、私はそうではない」

「風水は、人間などの及ばぬ大きな力を知る知恵だ。いいかね。どうして東京という街がこれだけ発展したか知っているか？　江戸の時代に風水を基に作られた街だからだ。江戸には、富士山からの気と日光からの気が両方流れ込んでいる。特に、富士の気を大切にしていた。江戸の町並みは、どの辻《つじ》からも富士が見えたと言われている。それくらい富士山からの気を遮断するものが少なかった」

「鉄の杭で大地の気を遮断してどうするつもりだったんです？」

「歌舞伎町を日本人にとって魅力のない土地にする。私たちがそこへ乗り込む。その後に、杭を取り去り、池に水を張る。池は龍の水飲み場と言われる。正しい位置に置けば、大いに気を呼ぶのだ」

「そうか……。花園神社か……」

氷室は言った。

ヤンが氷室を見た。

「風水で最も効果的なのは、もともとエネルギーを持った土地を利用することなんだ。古来、神社は強いエネルギーを持つ土地に作られる。ゴールデン街の空き地は、花園神社のすぐ側にある……」

「そういうことだ」

呉俊炎は言った。「なかなか風水の知識があるようだ」

「日本人にとって魅力のない土地というのはどういう意味でしょうね？」

ヤンが呉俊炎に尋ねた。

「衰退した土地だろう」

「私は、違うものを想像しますがね……。つまり、暴力と犯罪の街です。かつての香港の九龍城砦《クーロンじょうさい》のような……」

「だったらどうだというのだ？」

「そうなれば、私たちの利権も危うくなるのですよ」

「そのなかで伸《の》していけばいい。暴力と犯罪の街は、利権を生むことも多いだろう？」

「それはどうですかね……。私は闘いのなかで死んじまうかもしれない。あなたは、その混乱の街に、表から乗り込んでくる。日本人と中国人の双方のヒーローとしてね……。鉄の杭も池も、即座に効果があるとは思えない。つまり、私たちが日本人と揉《も》め事を起こすことが大切だったのでしょう」

「何が言いたい？　ヤン」

「言ったでしょう。一方的に利用されるのはいやなのです」

ヤンは、氷室の拳銃を取り出した。

「何をする気だ？」

呉俊炎が言うと、護衛たちが懐に手を入れた。

ヤンは平然と氷室に近づいて、拳銃を差し出した。

驚いたのは、呉俊炎だけでなく氷室も同様だった。ヤンが何を考えているのかわからなかった。

氷室は、ヤンの顔を見ながら銃を受け取った。ヤンが言った。

「呉さん。敵討《かたきう》ちでしょう？　ご自分でやればいい。だが、日本では、敵討ちの際は、討たれるほうにも抵抗する権利があったそうです。つまり果たし合いなのです。私は、この男にその権利を与えようと思う」

護衛たちが、銃を取り出した。そのときには、すでにシャオマーやマー、トントン、ワン・フーが銃を構えていた。

護衛たちは、身動きが取れなくなった。

「マー、護衛たちの銃を取り上げろ」

ヤンが命ずると、マーは即座に動いた。護衛たちは、銃を向けられているので、身動きができない。マーがふたりから銃を取り上げると、ヤンが言った。

「そのうちの一挺《ちょう》を呉さんにお渡しするんだ」

マーは、一挺をベルトに差し、一挺を呉に差し出した。呉俊炎は、茫然《ぼうぜん》とした表情のまま銃を受け取った。

ヤンが言った。

「私たちは、ここで手を引かせてもらう。あとは好きにやってくれ」

ヤンは、ゆっくりと厨房《ちゅうぼう》のほうに向かった。裏口から外へ姿を消そうというのだ。続いてシャオマーが姿を消した。トントンとワン・フーが銃を呉俊炎たちに向けている。マーがその間を通ってヤンの後を追った。

最後にトントンとワン・フーが銃を向けたまま後ずさり、やがて去っていった。

氷室と呉俊炎が銃を手に向かい合っていた。

護衛たちは、どうしていいかわからず、たたずんでいた。

18

氷室は、銃口を下に向けたまま、スライドを一度引いた。薬室からカートリッジがひとつ飛び出した。そうすることによって、次のカートリッジが薬室に納まる。

これで、引き金を引けば即座に弾は飛び出す。薬室にカートリッジが入っていることを確認する作業だった。

氷室は言った。

「弟のことは気の毒に思う。謝罪の気持ちもある。だが、俺は、自分の命を守りたい」

呉俊炎は、困惑していた。

なぜこんなことになったのかわからない様子だった。

彼は銃に慣れていないようだった。拳銃を両手で握りしめているだけだった。

護衛のひとりがようやく役目を思い出して言った。

「銃をこちらに……」

呉俊炎は、うなずき、銃をその護衛のほうに差し出そうとした。

「動くな」

氷室は、さっと銃を上げた。「護衛は、ゆっくりとさがれ。あの壁のところまでだ」

ふたりの護衛は、顔を見合わせた。

「早くしろ」

護衛たちは、氷室を見たままゆっくりと後退しはじめた。

彼らが、言われたとおり壁際までいくのを見届けてから、氷室は、呉俊炎に狙いをつけた。

呉俊炎の持っている拳銃の名前はわからない。だが、リボルバーなので面倒な手順なしに、引き金を引けば弾が飛び出すことはわかっていた。

「おまえは、弟を殺し、さらに、この私をも殺そうというのか……」

呉俊炎は言った。

「もちろん、殺したくはない。だが、場合によっては撃つ。俺は、自分の身を守らなければならない」

呉俊炎の眼は怒りに燃えている。

「私は、弟のためにも、この歌舞伎町を私のものにしたい」

「俺は、誰のものにもしたくない」

ふたりの間に緊張感が高まっていった。

今のところ、氷室のほうが圧倒的に有利だった。狙いを付けているのは氷室のほうだ。しかし、氷室は自分から撃つ気はなかった。銃の果たし合いなど初めてなのに、自分で驚くほど落ち着いていた。

氷室は言った。

「この状態では、あんたが動いたとたんに撃つことができる。できれば、殺し合いなどやりたくない。このまま、あんたがここを出ていき、俺に手出しをしないと約束するのなら、俺は、何もしない」

「約束だと？」

「そうだ。俺は、中国人が約束を破らないのを知っている」

呉俊炎は、歯ぎしりしていた。怒りにぎらぎら光る眼で氷室を睨み据えていたが、やがて言った。

「殺せばいい。弟を殺したようにな」

「言い訳に聞こえるだろうから、ずっと言わなかったが、俺は、あのリンチを止めたかった。俺は、その勇気がなかった。そのことでは、一生悩み続けなければならないだろう」

「勝手なことをぬかすな。おまえは加害者なのだ」

「あんたがわかってくれないだろうということは、覚悟していた」

氷室は、言った。「さあ、いけ、ここを去り、そして、中国に帰るんだ」

呉俊炎は、相変わらず氷室を睨み付けていたが、やがて、言った。

「しかたがない。おまえの勝ちだ。言うとおりにしよう……」

呉俊炎は、ゆっくりと氷室に背を向けた。彼は、ドアに向かって歩きはじめた。

氷室は、銃を下ろさなかった。

このまま呉俊炎をいかせたら、また同じことが続くのかもしれない。ふと、氷室はそう思った。だが、呉俊炎を撃つ気にはなれなかった。

呉俊炎は護衛たちに近づく形となった。

ふいに、呉俊炎は、拳銃を護衛のひとりに放った。そのまま、呉は、床に身を投げた。護衛は、やるべきことを心得ていた。

拳銃を受け取ると、慣れた手つきで持ち直し、そのとたんに、膝をついて二連射した。氷室は、呉俊炎が床に伏せると同時に、行動していた。

テーブルの陰に飛び込んだのだ。

護衛の銃弾は、そのテーブルに確実に当たった。

物陰から撃ち返すテクニックなど習っていない。

氷室は、舌打ちした。相手は、拳銃のプロだ。この状態では、勝ち目はない。

店内で足音が聞こえた。銃を持つ護衛が移動しているに違いない。もうひとりの護衛は呉俊炎にぴたりと付いているはずだった。

氷室は深呼吸した。

どうせ、ヤンたちに殺されるはずだったのだ。ここで死んでも同じことだ。

彼は、自分に言い聞かせた。そんな度胸が自分にあると思ってもいなかったが、彼は、一か八かの勝負に出る覚悟を決めた。

どうせ、じっとしていても殺されるのだ。氷室は、耳を澄ました。

護衛は、テーブルからテーブルへ移動しながら近づいてくるようだ。

弾の数なら、氷室のオートマチックのほうが有利だ。

次の足音を待つ。

その瞬間しかチャンスはない。相手のストレートにクロスカウンターを合わせるような心境だった。

足音。

護衛が移動する。

氷室は、テーブルの横に飛び出し、膝突きでＳＩＧザウアーを連射する。

護衛は、テーブルからテーブルに移動する途中だった。彼は撃ち返そうとしたが、氷室の連射がわずかに勝った。

どこかに着弾して、護衛は、大の字にひっくり返った。

氷室は、銃を構えたままの恰好《かっこう》で凍りついたように身動きを止めていた。全身から冷たい汗がどっと流れ出した。

そのとき、出入口から、どかどかと大人数の足音が聞こえた。

警官隊が突入してきたのだ。

氷室は、まだ拳銃を構えたまま、茫然とその様子を見つめていた。

19

呉俊炎もろとも検挙された氷室が、新宿署から解放されたのは、昼ごろだった。

身につけていたあらゆるものを調べられたが、そのなかに土門がくれた法務省の身分証があったのだ。警察でもそんな身分証を知っている者はいなかった。

さまざまなところをたらい回しにされた結果、秘密裡《ひみつり》に処理されるべき問題だということがようやく判明した。

氷室を検挙し、取り調べた現場の警察官たちは、氷室が釈放されることに対して、まったく納得できない様子だった。

当然だと氷室は思った。

(俺だって納得できないんだからな……)

ホテルの部屋に帰ると、氷室は、照れくさそうに言った。

「よ、遅くなったな……」

麻美は立ち尽くし、氷室を見つめた。何を言っていいかわからない様子だった。

今にも泣き出しそうだった。しかし、やがて、彼女はいつもの表情を取り戻して言った。

「あら、朝帰りじゃなくて、昼帰り？　いったい、何してたのよ」

「拳銃で決闘してきた」

「女の子相手にべつのピストルを使ってたんじゃないでしょうね？」

「そう。どうせ死ぬんなら、腹の上がいいな……」

「呉俊炎は？」

「銃刀法違反で検挙された。強制退去ということになるだろう」

突然、麻美は抱きついてきた。子供のようにしがみついてくる。

氷室もしっかりと抱きしめた。

ドアをしっかり閉めなかったのを忘れていた。

突然、ドアが開き、土門の声がした。

「おや、これは失礼」

「かまわんよ。何だ？」

「銃を回収に……」

「ああ……」

氷室は、麻美から手を離し、腰から拳銃を抜いた。

それを受け取ると土門は言った。

「拳銃は必要なときだけ、お貸しすることになっていますので……」

氷室は驚いて言った。

「あんたとの付き合いは、今回限りだ」

「いえ、私もそうしたいのですが……。いろいろと事情が……」

「冗談じゃない」

「あの……。詳しい話はまた……。お取り込み中のようなので」

土門は戸口から出ていこうとした。

「待て」

氷室は言った。

土門は立ち止まり、振り向いてため息をついた。何か文句を言われるのを覚悟したのだ。

氷室は言った。

「警官隊を手配したのは、あんたか?」

「ええ、まあ。最後は、警察に始末をしてもらわないと……」

「礼を言うよ。あのまま放っとかれたら、俺は死んでたかもしれない」

土門はうなずいた。

「だがな、今後もあんたと付き合うかどうかは別問題だ。二度とあんたに利用される気はないからな」

すでに土門は姿を消していた。

「いいじゃない」

麻美が言った。「疲れたでしょう。ベッドに入りましょう」

麻美の誘惑にも、ベッドの誘惑にも勝てそうになかった。


ようやく落ち着きを取り戻したころだった。ある日、ヤンが、『ハイランド』にやってきた。

ゲンさんは相手が中国人だと知って、緊張した眼差《まなざ》しを氷室に向けた。氷室は、ゲンさんにかすかにうなずいてみせた。

ヤンはひとりだった。

カウンターに向かってすわると、彼は、氷室に言った。

「私にも酒を飲ませてくれるかね?」

「もちろんだ。ここは、誰でも安心して飲める店だ。外国人でもな」

「あんたの夢が、この店では実現しているというわけか? うらやましいな」

「何にする?」

「ビール……。残念ながら、私はそれしか飲めないんだ」

氷室は、グラスを置き、ビールを注いだ。彼は、それをヤンに向かって滑らせ、言った。

「今日は好きなだけ飲んでいってくれ。俺がおごる」

ヤンは不審そうな顔をした。

「なぜだ？　私はおまえの命を狙った男だぞ」

「だが、結果的には救ってくれた」

「あんたのもと同僚を殺した」

「理解し合えないことが原因で起きたことだ。もういい」

ヤンは、ビールをごくごくと一気に干した。グラスを置くと、彼は立ち上がった。

「一杯で充分だ。ごちそうになった」

ヤンは戸口に向かった。

氷室は言った。

「またきてくれ。いつでも歓迎する」

ヤンは、振り向かぬまま、片手を上げた。氷室は気づかなかったが、このとき、ヤンはどんな顔をしていいかわからず、困り果てていたのだった。

解説

吉田大助

本書は、「隠蔽捜査」シリーズや「安積班」シリーズなどで警察小説の雄として知られ、格闘《アクション》小説にも定評のある今野敏が一九九五年一二月に発表したノンシリーズ長編の再文庫化だ。小説ならではの、視点の妙味を存分に味わえる一作となっている。

視点とは何か。二〇二四年八月に結果発表された公募新人賞・第三回警察小説新人賞の選評で、選考委員の今野敏は候補作について次のような苦言を呈《てい》した。それは、小説という表現ジャンルの真髄《しんずい》の言語化であり、作家志望者たちはみな胸に留めておくべき名言であると、SNS上でバズりにバズった。

〈視点を意識しないと、小説は成立しない。小説が他の表現と違うのは、視点があるからだ。誰が見て、誰が感じ、誰が考えているのか。それをちゃんと意識して書かなければならない。同じ場面で、複数の人物の視点が混在しては小説が成立しない。小説は視点の芸術だからだ。／これが映像や漫画と小説が決定的に違う点だ。一般に映像には視点の概念はないし、カット割りによって視点の混在が可能だ。漫画も多くの場合、作者の視点、つまり「神の視点」で描かれている。だから、映像を前提としている脚本にも視点の概念はない。／視点を理解しない限り、シナリオや漫画のネームは書けても小説は書けない。〉（「警察小説新人賞」ホームページより）

今野作品の魅力は読みやすさにある、とよく言われる。それが実現する理由の一つは、「誰が見て、誰が感じ、誰が考えているのか」という視点が整理されているため、ストレスなく読み進めることができるからなのだ。また、視点をきっちりと構築することによって、盲点を演出することができる。Aという人物からは見えないものや感じられないもの、考えられないものも、Bという人物の視点に立てば見えてくるものがある。そこには、見えないものが見えるようになる「種明かし」の快感が宿っており、ページをめくりその先を知りたいと思う探究心にも繫《つな》がっている。逆に、Bには見えないものがAには見えて、Cの視点から見てみると……と、物語を読み進めていくうちにパズルのピースが自然と埋まっていく、このプロセスが今野作品は絶妙なのだ。今野流の視点表現にはさらにもうひとつの強みがあるのだが、そこを言及するためにも本作のあらすじ等に触れておきたい。

ほぼ同時期に発表された「歌舞伎町特別診療所」シリーズの二冊（『38口径の告発』、

『闇の争覇』、共に徳間文庫）とも共鳴する、新宿・歌舞伎町を主な舞台に据えた物語である。

主人公の氷室和臣は、新宿区役所通りとゴールデン街を結ぶ細い路地に面したビルの地下にあるバー「ハイランド」で、バーテンダーとして働いている。オープニングの場面では、話し上手ではないが聞き上手である彼の耳目《じもく》を通じて、当世の歌舞伎町のきな臭さがプンと匂い立つ。このところ、中国のアウトロー集団と日本のヤクザの抗争が激しくなっている。特に行動を過激化させているのが、「流氓《リュウマン》」と呼ばれる中国人のアウトロー組織だ。仕事の一つは、ゴールデン街の一角で勝手に商売している屋台村の中国人たちのボディガードだ。彼らは肉弾戦で日本のヤクザを追い払うばかりか、拳銃をぶっ放して威嚇《いかく》した。イリーガルなその一発により抗争は一線を超え……やがてヤクザの一集団は壊滅状態となる。

時はバブル崩壊（一九九一年から九三年）の後、〈一九九七年に香港は中国に返還される〉という未然形の一文から、おそらく本書刊行時の一九九五年前後と推測される。一般に、一九九二年に暴力団対策法が施行されてから歌舞伎町の「浄化」が始まったとされるが、この頃の歌舞伎町はまだまだ危険な匂いに満ちていたことは間違いないだろう。バーの常連客の「アジア諸国から見れば、日本は黄金の国ジパングだ」

という一言などにも、二〇二五年の現実とはまるで異なる、当時だから言えたリアリティを感じる。真空パックされた時代の空気もまた、本作の魅力となっている。

物語のキーとなるのは、四〇代という決して若くない氷室の過去だ。彼はもともと法務省入国管理局の職員だった。北区にある入管第二庁舎に勤めていたが、ある事件に巻き込まれたことがきっかけで職を辞した。バーに突然来訪した入国管理局の土門武男との会話から、その事件の内実が明かされる。当時、不法在留者として収容された中国人の兄弟がいた。弟の呉良沢は、入管職員の暴行によって死亡した。兄の呉俊炎はそう主張したが、訴えは揉《も》み消された――。実は、氷室は呉兄弟の事件に関わっていた。その背景には、日本の入管制度の問題点および外国人に対する差別意識があった。三〇年前に発表された本作がまったく色褪《いろあ》せていないと感じられる理由の一つは、本作に描かれたさまざまな社会問題が、三〇年後の今も一向に解決されていないからだ。変化を厭《いと》い異分子を嫌う日本社会の硬直性が、本作に普遍性を付与している。

もう一人の主たる視点人物として選ばれているのが、中国人アウトロー組織「流氓」のリーダー的存在である、ヤンだ。「いずれ、この歌舞伎町は、私たちのものになる」。彼がそう豪語するゆえんは、強大な資金力で歌舞伎町をチャイナ・タウンに変貌《へんぼう》させようと目論《もくろ》む、中国社会の大物がバックについているからだった。以後は一行アキを駆使して、氷室とヤン、主にこの二人の視点をスイッチしながら物語は進んでいく。氷室の知らないことをヤンは知っているが、氷室が知っていることをヤンは知らない。あるいは、氷室にとっての正しさは、ヤンにとっての正しさとは異なる。そこに、ミステリー（謎）が生まれ、サスペンスやドラマが現れる。

今野流の視点表現に宿るもうひとつの強みを記したい。それは、脳内映像の演出に関わる。小説は映像作品とは異なり、文章を読み進める読者の脳内スクリーンに、各人の想像した映像（脳内映像）が映し出されるという性質を持つ。脳内映像の解像度を高めるために、描写をぶ厚くするというのは小説的ではない。ある場面に存在する無数の情報の中から見せたいものだけを取り出してクローズアップすることこそが、小説ならではの視点表現だ。その最も象徴的な例が、本作における「鉄の杭」である。

中国人たちが夜中から夜明けにかけて、歌舞伎町の道路に鉄の杭を打ち込んで回っている、らしい。常連客から聞いた噂が気になり、氷室は恋人の麻美と一緒に昼日中の歌舞伎町に繰り出す。すると――〈街路樹を植えてある、ごくわずかのスペースに、丸い鉄が顔を出している。／杭の頭だった。氷室は、屈《かが》み込んでそれを調べた。／ただの鉄の杭だ。だが、殆《ほとん》どすべて地中に打ち込まれている〉。やがて氷室と麻美は、鉄の杭が歌舞伎町をぐるりと囲んでいることに気づく。

もしもこの一連の場面を映像のカメラで切り取ったとしたら、そこまで不気味かつ不穏なものとしては感じなかったはずだ。歌舞伎町の街路樹という風景には本来、もっとたくさんの情報が存在しており、映像のカメラはそれらを等分に映し出してしまうからだ。しかし、一連の文章を追う読者の脳内には、街路樹の根元に刺さった杭のみが、強烈なイメージとして焼き付けられる。なおかつ、鉄の杭の頭と頭、すなわち点と点を結ぶことによって現れる円は、読者の脳内にしか存在しない。見せたい情報をクローズアップしたうえで、見えないモノを読者に想像させる。これこそが、今野流視点表現の奥義《おうぎ》なのではないか。

時おり会話の中で、あるいは副音声的に地の文章の中で、「端的に言えば」「要するに」という枕詞《まくらことば》を排したうえで登場する、世の真理に触れる一文の数々も魅力的だった。たとえ友人同士にはなれないとしても、たまに挨拶《あいさつ》をしたり何気ない天気の話をするような、隣人同士にはなれる。結末部が醸《かも》し出すそんなメッセージには、日本社会に存在するさまざまな分断が顕《あらわ》なものとなった、三〇年後の今こそ噛《か》み締めたい真実の感触があった。日本社会はどうなっているのか、この世界はどこへ向かえばいいのか、小説という表現ジャンルの面白さとは何か？　それらの問いに答えてくれる本作の再文庫化を、心から喜びたい。

二〇二五年一月

徳間文庫

龍《りゅう》の哭《な》く街《まち》

2025年2月15日 初刷
2025年6月10日 3刷

著者 今《こん》野《の》敏《びん》
発行者 小宮英行
発行所 株式会社徳間書店
東京都品川区上大崎三―一―一
目黒セントラルスクエア 〒141―8202
電話 編集〇三(五四〇三)四三四九
販売〇四九(二九三)五五二一
振替 〇〇一四〇―〇―四四三九二
印刷
製本 中央精版印刷株式会社

ISBN978-4-19-895003-3 (乱丁、落丁本はお取りかえいたします)